死亡花

죽음의 꽃

李同建

이동건

目錄

contents

죽음의 꽃

第一章

他們的故事

죽음의 꽃

「你說我是壞人？你說我有罪？好啊……儘管罵吧……但這滔天大罪，往後可是拯救你的唯一曙光啊！」

笑著說完這句話後，一股濃郁的血腥味傳來。我閉上眼睛，將注意力集中在嗅覺，尋找著血腥味的源頭。氣味的源頭就是我的手。這雙由我的神經驅使的手。我並不驚訝。殺了那麼多人，手上有血腥味是很正常的。

我睜開眼睛，點點頭，承認了這一切。但，我並不是殺人凶手。等等，這是什麼地方？我環顧著四周。這是個被白光籠罩的地方。溫暖的光線，對某些人來說是光一般的希望，而我，則是人類的救星。

這裡是韓國江原道九岩市。就在午餐時間剛結束，人們正昏昏欲睡時，這悠閒小派出所裡的電話響了起來。是九岩愛心福利中心打過來的。該機構是九岩市所經營的身心障礙者福利中心，他們來電報案說，有一名男子綁架了一位聽障人士與一位視障人士。

派出所的兩名警員立即前往九岩愛心福利中心。報案人是福利中心的院長。警方先與院長一起進入院長室，瞭解事件原委。她說，今天有一名二十多歲的男子來訪，表示想在這裡做義工，然而，在她午餐時間離開辦公室時，這名男子卻帶著兩位身心障礙者消失了。她接著補充道，其他福利中心員工都因為喝了摻有安眠藥的飲料而陷入沉睡，沒有一個人能夠阻止他。

向九岩警察局回報了福利中心綁架事件後，警員開始調閱今天的監視器影像。警員在檢視影像時，在後方來回踱步的院長突然尖叫了起來——

「他就是犯人！一定要把他抓起來！」

院長用手指著螢幕上的某位男子。警員將院長指出的男子放大，並將他所穿的衣服記錄在筆記本上。接著確認該男子的臉部，用手機拍攝。此時，正在拍攝的警員，手機恰好響了起來。是派出所打來的電話。今天在九岩愛心福利中心綁架兩位身心障礙者的男子公開了自己的位置，要他們立刻前往。據稱，綁匪與在九岩三洞比目魚十字路口的綠色銀行大廈一樓男廁，和他擄走的兩位身心障礙者在一起。

警員將警車停在綠色銀行大廈門口後便下了車。綠色銀行大廈是個普通的三層建築，一樓是銀行，樓上則是補習班和牙醫診所。在場的人只有方才從大廈門口經過的兩個小學生，以及坐在入口處樓梯上的記者。記者將筆電包放在腿上，似乎是等人等了很久。滿臉無聊地滑手機滑到一半的他，抬起頭盯著剛趕來的警員。

正當警員們用肩上的對講機報到時，一名男子打開了以整片玻璃製成的入口大門走出來，靜靜地佇立在門口。他用鼻子深吸了一口戶外的新鮮空氣，並緩緩轉動著頸部，似乎是脖子有些痠痛。男子臉上滿布的血滴，順著下顎流了下來。他將指尖滴著血的橡膠手套丟在地上。

「你是記者嗎？現在開始，聽清楚我要講的話。」

男子一邊說著，一邊用無一絲汗漬的潔淨雙手抹去臉上的血跡。坐在樓梯上的記者聽見男子的說話聲後，便轉過了頭。男子滿臉鮮血的模樣讓他嚇得兩眼發直，但他並沒有花太多時間慘叫，隨即拿出手機拍下了對方。

那些警員也兩眼發直地大罵髒話。他們透過對講機請求支援後，以半飛奔狀態撲向該男子。男子主動跪在地上，將手背在身後對記者說道。

「那兩位身心障礙者在這棟大廈一樓男廁。我已經把他們的殘疾完全治好了。幫我好好寫篇報導，我會再跟你聯絡，到時候再見吧。」

說完後，男子笑著對記者眨了眨眼。他看起來太過平靜，平靜到讓人誤以為那滿臉的鮮血都只是紅色水彩。不，他之所以看起來心情這麼好，正是因為臉上沾了血。

警方抓住男子後，將他制伏在地板上，並為其戴上了手銬。他絲毫沒有反抗，乖乖上了警車。警員們將滿臉鮮血的男子送上警車後回頭一看，記者早已不見蹤影。但透過大廈大門的晃動，警方隨即察覺記者已經進入了大廈內部，於是便立刻衝了進去。

方才從男子指尖流下的鮮血，以大廈入口為起點，在白色大理石地板滴出了一條血路，引導著記者。記者亦步亦趨地沿著地板上的血路前行，腳步逐漸進入大廈深處，沒過多久，一道灰色的鐵門擋住了他的去路。抬頭一看，眼前是一個寫著「男廁」的廁所標示。這裡就是該男子先前提到的一樓男廁。記者先將耳朵貼在廁所門上。裡頭沒有任何慘叫或是喊痛的呻吟，反倒是安靜得讓人以為裡頭空無一人。記者懷著緊張的心情，小心翼翼地轉動門把。門並沒有鎖。記者緩緩推開門，走進廁所。

一進入廁所，便看見兩個男人昏倒在地上。一股被水稀釋過的淡淡血腥味，伴隨著悶臭的溼氣飄過鼻尖。廁所裡到處散落著手術刀、夾子和刮匙等只會出現在手術室裡的醫療用具，以及帶血的繃帶、針筒、藥局販售的紅色酒精罐等。倒在地上的兩人並沒有明顯的外傷。只是其中一人的眼部掛著血滴，另一人的雙耳也有少許血漬。

記者皺著眉頭拍下了與手術失敗現場沒兩樣的廁所。接著蹲在兩個昏倒在地的男人身旁，隨手為他們拍了幾張照片。

他們並沒有死。一靠近，便能聽見粗重的呼吸聲。但是，他們卻一動也不動。此時，警員慌忙地衝進廁所。其中一名警員抓住正在拍照的記者，將其拖出廁所。另一名警員則邊確認兩名倒地男子的狀態，邊叫救護車。這便是一切的開始。

綁匪被移送到九岩警察局。他叫李英煥，今年二十八歲，在首爾出生，國小、國中、高中也都畢業自首爾的學校。大學則就讀以匯聚頂尖學生聞名的A大，在醫學系二年級時休學。休學後的四年間，他完全沒有任何就業紀錄，連簡單的兼職工作都沒有做過，甚至連就醫紀錄和銀行收支紀錄都沒有。當然，也沒有前科。乾淨到近乎反常。

刑警一在李英煥對面坐下，對方便開始詳細陳述自己是用什麼方式綁架兩位身心障礙者，並將其帶到銀行大廈的。接著，他還聲稱自己在大廈廁所裡治好了兩人的殘疾。想當然耳，沒人相信李英煥的話，他就這麼被送進了看守所。

「010-7A4H-*54L. 幫我打這個號碼找人！」

李英煥剛被關進看守所，就大聲喊出了某人的電話號碼。母親過世，父親失聯的他，不僅沒有親人，人際關係也難以確認，沒有一個適當的聯絡人，警方在無可奈何之下，只好將這支號碼的主人叫到警局。

電話號碼的主人既不是李英煥的家人、朋友，也不是律師，而是今天出現在綠色銀行大廈的記者。他和李英煥並沒有特殊交情，甚至連一面之緣都沒有。他只是在這起事件發生的前一天收到了一封電子郵件，寄件者表示自己要幹件大事，要他第二天前往綠色銀行大廈，僅此而已。但是，李英煥一聲令下，記者便毫不猶豫地直接趕往警局。

記者抵達警局後，僅能與李英煥進行不到十分鐘的短暫會面。李英煥要求記者將他所說的一切都寫在報導裡。記者表示，這點小事沒什麼難的。於是李英煥淡淡一笑，開始娓娓道來。

「我擁有一種醫學技術，能夠根治癌症、殘疾，以及現代技術難以治癒或無法治癒的病症。準確來說，除了心理疾病以外，任何疾病都治得好。我所說的並不是宗教或類科學，而是可以用科學與數學證明的完美醫學技術。手術失敗率為零，也沒有副作用。今天雖然使用了不法手段，但已經展示了我治療殘疾的能力。

我再說一次。我能夠根治目前醫學界已知的所有疾病、疾患。末期癌症、殘疾、難治性疾病，以及絕症等都能夠在三十分鐘至一小時之間以簡單的手術治癒。我想拯救飽受疾病與殘疾之苦的人類，所以我希望能將自己所有的醫學技術公諸於世。但，這是有條件的。

第一，我為了開發與熟悉醫學技術而犯下的所有罪行，都必須被赦免或在法庭上得到無罪判決。

第二，被赦免或得到無罪判決後，政府必須保護我的人身安全，並提供能夠進行後續醫學研究的居住空間。

第三，所有企業、大學、醫院等，皆可在我的核准之下，自由使用我所公開的醫學技術。但不可作為個人盈利之用。

第四，我絕對不會將我的醫學技術提供給譴責我，或是藐視我醫學技術的國家、企業、大學、機關。

萬一我所犯下的罪行未被赦免，或得到無罪判決，而在法庭上遭到判刑，我將不擇手段地進行自殺。」

說完後，李英煥便開心地笑了起來。

他剛剛所說的話，活像是精神病患者的胡言亂語。就是那種沒人能聽完一句以上的古怪言論。又不是在寫奇幻小說，這世界上怎麼會有能治百病的人呢？太誇張了吧？

將錄音機放在身旁，用筆記型電腦記錄著李英煥發言的記者，此時正用充滿懷疑的眼神盯著李英煥。他看起來有很多話想說，但由於面會時間已經結束，記者只能起身離開警局，一個問題也沒能問出口。

記者完全不相信李英煥的話。不過，現在倒是有個方法能夠證明看看。只要找到今天在公廁被發現的兩位身心障礙者，確認他們的殘疾是否有被根治即可。那兩位接受李英煥手術的身心障礙者目前正在第七大學九岩醫院，記者隨即動身前往目的地。

記者抵達第七大學九岩醫院後，便進入了位於一樓的急救中心。急診室頗為冷清，和醫療紀錄片上看到的很不一樣。可能是因為尚未入夜，現場也沒有鬧事的醉客。此時，救護車警笛聲響起，急診室的大門也隨之打開。一位在舉重時不慎使手臂往後反折的男子趴在移動式病床上，被推進了急診室。坐在服務臺的醫生與護理師紛紛起身奔向那位男子身邊。該男子的右手臂已往背後反折成了L型。記者一看到那隻扭曲的手臂，便別過頭去。光是看著那隻痛苦扭曲的手臂就令人起雞皮疙瘩，總覺得連自己的手臂都疼了起來。這時候，有位護理師沒奔向該男子身邊，往記者走去。

「不好意思，請問您有什麼事？」

「我是TD電視臺記者，今天三點左右是不是有兩位身心障礙者被送進來？就是……從九岩三洞綠色銀行那邊送過來的。」

記者一邊回答著護理師的問題，一邊快速掃視著周圍。他一轉過頭，便看到病床上有位光著上半身呼呼大睡的中年男子。一看就不是因為生病而來到急診室的病人。他是個醉漢。不，這不是重點。記者再次環視著周圍。除了空著的病床以外，大部分的病床都拉起了簾子，無法得知是誰躺在裡頭。

本以為很難找出接受過李英煥手術的兩位身心障礙者，其實事情比想像中簡單。他們就在急診室最左側角落的病床。那裡有八名穿著白袍的醫生環繞在兩張病床周圍，進行著激烈的爭執。不可能有那麼多醫生同時聚集在急診室喧譁。但要是有個男人讓視障人士看得見，那可就不一定了。

從不信轉為懷疑。記者一邊跟護理師說自己會馬上離開，一邊走向那些醫生聚集的左側角落病床。護理師企圖阻擋，但記者卻可憐兮兮地豎起食指，請護理師給他一分鐘的時間。

記者好不容易才徵得護理師的同意，然而越是靠近那群醫生，從他們之間流瀉出的哭聲便越是清晰。那並不是因為某人受了重傷或面臨死亡而發出的悽慘哭聲。那是喜悅的哭聲。是發生了令人欣喜若狂，難以置信的好事而發出的哭聲。在急診室裡，不可能聽見如此喜悅的哭聲。但要是有個男人讓聽障人士聽得見，那可就不一定了。

記者小心翼翼地推開群聚成一團的醫生，靠近他們面前的病床。有位醫生正用手撐開病床上那位男子的眼睛，以醫用手電筒照射，檢測瞳孔反應。該醫生一臉難以置信的表情，他身後的兩位醫生則雙手抱胸小聲地討論著。負責檢測瞳孔反應的醫生將手電筒掛在醫師袍胸前的口袋，認真研讀著病床上那位男性的診斷書。家屬臥鋪上那位貌似母親的中年女子則邊流淚邊講著電話。

「我跟你說……K看得見了！」

隔壁病床的狀況也差不多。本來聽不見的人，卻聽得見聲音了。奇蹟般的事件正在發生。

記者認識病床上那兩位穿著病人服的男子。他們就是今天在公廁被發現的那兩位身心障礙者。不，他們現在已經沒有殘疾，是個普通人了。李英煥真的根治了視障人士與聽障人士的殘疾。失明的人看見了；耳聾的人聽見了。他們都是李英煥治好的。記者馬上將眼前這不可思議的狀況寫成報導，公諸於世。

〔獨家〕〔TD〕在銀行公廁治癒二十多歲的殘障青年

那篇報導打響第一砲之後，無數採訪小組湧進了第七大學九岩醫院急診室。他們用攝影機拍下已成為一般人的兩名男子，並公開了他們過去的診斷書。

「全盲者不可能因為一個在廁所進行的手術而恢復視力。這是現代醫學無法解釋的，會不會是種障眼法……」

以上內容擷取自一位二十年資歷眼科醫生的專訪。他是因為上電視才說得這麼好聽，其實就是要叫大家不要相信。

李英煥登上了九點晚間新聞，他在看守所內所陳述的條件已透過新聞展示在全國民眾眼前。但是，人們並不相信李英煥。大家都認為他在廁所治癒殘疾的事件只是騙局。而李英煥所提出的各項條件，也順理成章地淪為了笑柄。像李英煥這種用夢幻故事欺騙世界的人已經多不勝數了。以往曾經出現過用手取出癌細胞的男人，甚至是用幹細胞治癒不治之症的知名博士，但仔細追查下去，才發現一個個都是騙子。然而，此時卻有個從醫學院輟學的二十八歲年輕人突然跳出來說自己可以治百病，當然沒有人會信。

連與醫學毫無交集的普通人都對李英煥的話嗤之以鼻，聽都不想聽，那些貢獻大半輩子在專業醫學研究上的醫師又會怎麼想呢？

九點晚間新聞結束後，討論當天熱門時事主題的談話節目便開始了。今天的談話節目主題當然就是李英煥，來賓則是韓國最具權威的神經外科、眼科、耳鼻喉科等三位教授。他們在談話節目開始的同時，便將李英煥當成騙子等級以上的精神病患者。他們笑著對主持人說，節目組找錯人了，應該要找三位精神科醫師來弄清楚他的病名才對。他們對李英煥既是嘲笑又是鄙視，嚷嚷著說，要是他能在廁所用手術刀治癒殘疾，那麼自己也能用筷子來治癒癌症了。在這一小時長的談話節目中，解釋了包括癌症與殘疾在內的所有疾病不能用簡單手術治癒的原因，以及李英煥所謂「能夠治百病」的主張有多虛假。結論是——李英煥是個罹患精神病的騙子。

正當談話節目還在進行時，李英煥向警方供稱自己還綁架了八個人，被綁架的人位於九岩市許勉里某廢棄工廠園區裡的藍色屋頂建築物。警方立即前往李英煥所說的地方。

許勉里位於九岩市最邊緣的地區。一九六〇年代，橡膠製品工廠大舉入侵許勉里，然而一九九〇年代初期，這些工廠全數倒閉，目前只剩下一個孤零零的廢棄工廠園區，一個住戶都沒有。

出動的二十名警員人手一支手電筒抵達廢棄工廠園區門口後，隨即看到布滿青苔的廢棄工廠牆面上，有個用紅色噴漆噴出來的紅色箭頭。這是李英煥為了給日後造訪的警員們指路而畫好的箭頭。警員們順著紅色箭頭走，接著又有另一個箭頭為他們指引方向。走著走著，警員們進入了廢棄工廠園區的深處，此時，李英煥口中的藍色屋頂建築出現了。藍色屋頂建築物除了是舊工廠苦力的休息區，還有一個地下物資倉庫。該建築物的大門並沒有鎖定裝置，警員們不費吹灰之力便進入了建築內部。

此建築物的屋頂布滿了大洞，就像是被轟炸過一樣。牆上的壁紙幾乎都脫落了，龜裂的水泥牆清晰可見。接著，他們只看見一個堆滿紙箱的角落，以及通往地下室的樓梯。

「有人在嗎？」

警員們開始查看建築物內部與外圍，尋找被綁架的人。

「這裡有人！」

某人的聲音從通往地下室的樓梯上傳來。這個人的聲音十分從容，彷彿早就知道警察會來似的，甚至從容到讓人完全沒想到他是個遭到綁架的人。

警員們循著人聲傳來的樓梯前往地下室。樓梯的盡頭是個偌大的地下室。有個只會在監獄裡出現的鐵籠，兀自佇立在地下室正中央。以鐵籠為中心，左側設置了兩個手術臺，而右側——也就是鐵籠裡，囚禁著李英煥先前所提到的八個人。鐵籠內的地板上有八個小墊子，電視、簡單的桌遊、咖啡壺、微波爐、水、杯麵、即食米飯等，隨處可見。角落裡還有個以帳篷遮蔽的廁所。這裡應有盡有，要在這裡住個幾天不成問題。

被囚禁在鐵籠裡的八個人中，有些坐在地上的墊子上，有些則站在原處注視著從樓梯上走下來的警員們。警員們來拯救他們脫離惡夢般的犯罪，卻沒有一個人歡呼或是喜悅。沒有人感到緊張或害怕。大家都知道自己離開的時候到了。被李英煥綁架的八人，就這樣被警方救了出來。

遭到綁架的共有八人，其中男女各四人。他們生活的地方、職業、年齡層都不一樣，共同點只有一個——都有殘疾或疾病。如脊椎損傷所導致的下半身癱瘓、黃斑部病變所導致的失明、左上肢關節（肩膀與手腕間的關節）障礙、CRPS（複雜性局部疼痛症候群）、胰臟癌、肝癌、淋巴瘤和卵巢癌等。而李英煥卻根治了所有吞噬他們生命的疾病，以及他們必須背負一輩子的殘疾。

「有個男人帶我來這裡動手術。」

「被關在那裡的時候，我們大部分的要求他都有答應。」

「他說今天警察會來，不用擔心。」

他們給出的證詞都很一致，隨後，甚至還通過電視臺的鏡頭流著淚向李英煥道謝，說他就像是神一樣，將他們從痛苦和疾病中拯救出來。想當然耳，這八個人都被醫院診斷為痊癒，正常。

曾患有CRPS的男子用盡全力將長期服用的藥物扔進了垃圾桶；曾經下半身癱瘓的女子躺在病床上，吃力地抬起自己的腳。她的肌肉量還不夠，無法立刻讓下半身活動自如或是行走，但專家表示，經過持續不斷的訓練後就可以走路了。這奇蹟似的一幕，全都透過電視節目展現在全國民眾眼前。

在廁所接受李英煥手術的其中一位男子，現在正背對著數十臺電視臺攝影機，站在視力檢查表的前方。他一出生就被診斷為全盲，但李英煥卻讓他成為了明眼人。他身旁有紙和筆。由於他並不知道視力檢查表上的圖案與數字是什麼，所以他會將醫生指出的內容畫在紙上。

醫生指著飛機。接著他便在紙上畫下了醫生所指的飛機。在整個檢查視力的過程中，這位男子都沒能停止哭泣。畢竟這是他有生以來第一次看到世界，看到顏色。過去只能透過別人的敘述去感受的一切，現在都能親自去看，去理解了。看見照顧自己一輩子的父母親，第一次看見自己的臉，這種心情是無法用任何文字形容的。

為了進行更精密的視力檢查，他們使用了專業的醫療器具。雙眼的視力檢查結果都是一點七。李英煥的手術，讓他擁有了比大多數普通人更好的視力。其他人也是如此。耳朵聽得見；手臂關節正常活動。能走路；能跑步。罹癌的幾位全都是末期患者，但他們體內的癌細胞已經近乎完全消失。而這一切，都已被攝影機捕捉下來，公諸於世。

從第二天早上六點的晨間新聞開始，電視上便不斷播放著李英煥與十位手術患者的報導。到處都被李英煥的事蹟洗版。打開電視，也只看得見李英煥與他治癒的那十個人。但是李英煥的拘票已經簽發，人也已經移送至檢方，還追加了殺人與遺棄屍體等兩項罪嫌。

故事要回溯到警方從廢棄工廠園區的藍屋頂建築物中，救出那八個人的時候。當時，警方在建築物內堆積如山的紙箱中，發現了一堆舊衣服、身分證，以及各國的護照。那些物品皆屬於非法居留者、街友、失蹤人口、身分不明者。警方立刻增加人力，開始搜查藍色屋頂建築物，以及整個廢棄工廠園區。搜查約二十分鐘後，警方便在淺土中發現了八具關節扭曲變形，身體與內臟發黑的屍體。李英煥對此大方坦承，這些人都是他綁架並殺害的。

「是的，人是我殺的。但與其說是『殺』，倒不如說是為了拯救人類而做出的犧牲。」

當然，李英煥犯下八起綁架殺人案的消息也浮出了檯面，有人認為應該將殺人犯李英煥處死，但也有人相信李英煥，認為必須立即赦免他的罪，並取得其醫療技術。李英煥的確治癒了殘疾、癌症和不治之症，但也的確殺了人。於是乎，開始出現了持相反意見的兩派人馬。

〔獨家〕〔TD〕李英煥表示，想為他辯護須通過面試……提供特殊條件

〔TD電視臺〕

李某（28歲）已向警方坦承綁架兩名身心障礙者至銀行大廈公共廁所進行非法手術，目前正因殺人和遺棄屍體等多項罪嫌被移送檢方。

李某在看守所內透過記者表示，他有意委任律師為其辯護。他要求欲接受委任之律師親自前往看守所面試。李某補充道，他對辯護律師並沒有什麼限制，也沒有特殊要求，但他並不會支付委任費用。

李某所提出的條件為：如果在法庭上獲判無罪或得到赦免，因而重獲自由，他將會優先為辯護律師與其家人提供免費治療。

新進記者 whffu@dlwpwkdi.wl.kr

他是朴在俊，出生於首爾。由於家境殷實，他的生活比一般人要寬裕許多。想做什麼，就能做什麼。所以，除了溜冰、游泳、劍道、騎馬等，礙於身體上的限制而無法完成的事情之外，他什麼都學過了。但是，最能讓他展現天賦，也最讓他感興趣的事情，還是讀書。他喜歡讀書勝過玩樂，腦袋又好，讀書對他來說是最輕鬆的。他功課非常好，從進入小學到高中畢業為止，從不曾將全校第一名的寶座拱手讓人。就這樣，他不費吹灰之力地考上了A大法律系。

他才剛入學，便立刻入伍。在軍中待了近三年，又在大學度過了一年之後，他報名了司法考試。一舉順利通過考試的他，進入了司法研修院。

他在司法研修院裡的成績依然是最優秀的。雖然成績足以當上法官，但他卻選擇成為一位律師。因為，他父親是個企業家，交際甚廣，憑藉父親的人脈，一旦當上律師，就能夠直接進入韓國最頂尖的「李&崔律師事務所」。比起檢察官或法官的權威，他更喜歡錢，於是，他就這麼進入了追求金錢的李&崔律師事務所。

律師是他的天職。雖然只是個剛拿到律師執照的新手律師，但他體內就像是住著一個史上最強律師的靈魂，辯護能力十分駭人。他專接企業對企業的大型訴訟，案子只要在他手上，勝訴便十拿九穩了。甚至還有傳言說，不管辯方在訴訟中是否有過失，委任他辯護的企業一定會勝訴。

時光荏苒，他已經二十八歲了。在接連不斷的勝訴之下，他的名聲高得衝破天際，開始了日進斗金的生活。然而，那年春天，他在朋友的介紹之下，認識了一位美麗的女子。

她比他小兩歲，職業是國中老師，兩人第一次見面就很談得來。和她聊得越多，就越是有種探索未知世界的感覺。她既神祕，又迷人。幸好，她也很喜歡他。他們的興趣和性格都很不同，但這些都成了魅力所在，讓兩人彼此吸引著。在第二次私下約會後，他們便開始戀愛了。他偶爾會顯得比較易怒，但她卻是個善解人意的溫柔女子，雙方連一點小爭執都未曾發生過。於是，在交往一年後，兩人決定結婚。

這一年他三十二歲，天使般的女兒誕生了。婚後三年才生孩子，並不是因為夫妻倆生理上有問題，而是他們想幸福地享受幾年沒有孩子的兩人世界。此後，他的人生一直都是風和日麗的花路，不曾遭遇過低潮。每個月都能拿到上億韓元的勝訴獎金，升遷也十分順遂。由於夫妻倆在經濟上完全沒有後顧之憂，妻子在懷孕後便辭去了教職，全心全意地操持家務。

時光荏苒，他已經四十歲了。人生不可能總是只有甜頭。他的身上終究還是上演了一場重大的悲劇。這場悲劇非關金錢或朋友，亦非關公司或妻子，而是因為他最疼愛的女兒。

剛上小學不久，他的女兒就因為嚴重的頭痛而病了兩天。夫妻倆本以為是單純的感冒，但在眾人皆睡的深夜裡，她卻突然因癲癇而失去意識。經醫院診斷為兒童腦瘤。孩子的腦瘤為惡性，病情已經相當嚴重。

「世界上有那麼多孩子，為什麼……偏偏是我的女兒……」

他的女兒在首爾最大的大學醫院持續接受了兩年的治療。他有用之不竭的金錢，足以讓孩子接受所有的療程。除了接受以最新開發的治療方式進行的手術，還服用了最昂貴的藥物。但是，腫瘤反而越來越大，甚至轉移到了脊髓，讓過去接受的所有療程成為了笑話。日子一天天過去，腫瘤的狀況也越來越嚴重，最後終究是奪走了孩子的右眼。現在的目標與其說是治療，不如說是延續生命。

朴在俊律師剛抵達公司，他呼吸著涼爽的晨間空氣，靠在公司露臺的欄杆上。過去的人生像日記簿一樣，在他的腦海中一頁頁地翻過。

昨天，兩家韓國企業在庭審中相互對峙，最後是他所負責的企業勝訴。那兩家企業原本是同一個大型企業。董事長去世後，長子和次子將該企業一分為二，鬧上了法院。然而私密家務事，加上教唆殺人，以及企業機密外洩等，錯綜複雜地交織在一起，庭審的準備工作讓他忙到足足兩週無法去探視自己最愛的女兒。

正當他一個人開始感到無聊時，公司同事叼著尚未點燃的菸走向朴在俊身邊，和他一起靠在欄杆上。兩人從各自負責的案件，聊到工作的種種，以及生存之道等，趁著進入無聊的辦公室前，先享受一下這個早晨。接著，同事問朴在俊律師是否看過李英煥的新聞。

李英煥的案子發生還不到一天。一個忙到兩個星期無法探望臥病女兒的人，怎麼會知道昨天的新聞呢？

朴在俊律師一從同事那裡聽到李英煥的故事，便急忙結束對話，跑進自己的辦公室，開始搜尋所有李英煥的相關報導。

〔（J9今日新聞）將身心障礙的肉票治癒的前A大醫學院學生〕

〔治百病的二十多歲年輕男子，真相為何？〕

〔特別報導／人類已經在疾病的戰爭中獲勝了？〕

〔自稱能治百病的青年，其實……〕

李英煥的相關報導已經占據了整個網路，根本不用刻意去搜尋。李英煥親自治癒的十個病人中，有四個是癌症末期。很可惜，其中並沒有腦瘤患者，但是，無所謂。如果李英煥說的是真的，那他便能夠治百病。甚至還只需要進行簡單的手術，完全沒有副作用。朴在俊律師讀了幾篇報導後，一邊喘著粗氣，一邊閉上了眼睛。

他感受到自己溫熱的心臟跳動著，幻想般的希望像氣球一樣越漲越大。李英煥能夠治好女兒的腦瘤，他能夠和女兒一起過上幸福快樂的日子了。可以去遊樂園玩，可以去高級西餐廳吃飯；夏天可以去海邊，冬天可以去滑雪。就像普通的家庭一樣。

朴在俊律師再次睜開雙眼，繼續搜尋相關報導。他看見了李英煥犯下殺人案的新聞，但是他並不在意。老實說，死的又不是自己的親朋好友。接著，他看見了李英煥要委任律師的報導。只要成為李英煥的辯護律師，讓他得以無罪釋放或被赦免，自己的女兒便能夠優先接受治療。他立刻離開公司，開車前往九岩市。

他一點計畫都沒有。想必已經有很多人湧入九岩看守所了。他知道自己慢了一步，但他已經下定決心，即使要在那裡睡一百天的馬路，也要見到李英煥。他無法放棄這個讓女兒重生的希望。

馬不停蹄地在高速公路上開了兩小時後，朴在俊律師抵達了九岩市。他直接驅車前往九岩看守所，連上洗手間的時間都不浪費。然而，看守所附近已經聚集了一大群人。他有預料到會有不少人趕過來，但是人數比他想像中要多得多。

全國已經有許多本身患病，或是家人患病的律師了。然而這裡不僅有富豪或大企業僱用的律師、想大撈一筆的無良律師，還有沒有事想見見李英煥的一般民眾，甚至是記者。除了死人以外，全都聚集在了這裡。

站在看守所門口的人、坐在車裡的人，以及進入周圍建築物裡的人，全都來看李英煥了。當然，看守所內部與看守所周圍都是不能停車的。朴在俊律師不得不先把車停在離看守所很遠的地方，再步行到看守所，開始茫然地等待接受李英煥的面試。

為了見李英煥一面，他已經等了一個小時。到處都擠滿了人，根本沒有地方可以坐。他雙腿痠痛，膀胱也快爆炸了。又等了三個小時，他不得不跑一趟洗手間。回來之後，原本的位置已經被人占據，聚集的人潮甚至還變多了。他又等了六個小時，太陽下山了。看守所開放面會的時間已經結束，他只好回到車上去。

公司同事有打電話來，但他並沒有接。傳了個簡短的訊息告訴對方自己「突然有急事」後，他便不做任何回應了。公司的事情現在根本不重要。畢竟在這間公司裡，除了代表以外，沒人有權講他。

朴在俊律師直到第二天中午時分才得以與李英煥見面。他在車上沒能睡好，渾身不舒服，有睡跟沒睡一樣。即便如此，他還是努力打起精神，走進了看守所。

鑽了細密小洞的透明牆壁另一頭，是戴著手銬的李英煥。李英煥就是個相貌平凡的二十多歲年輕男子。他的眼神十分清醒，看起來並沒有精神緊張等任何問題，完全不像是個殺害八人的罪犯。不過，倒也不像是個能夠治百病的大人物。

朴在俊律師向李英煥鞠躬致意後，便坐下來與其對視。這比參加司法考試更讓人緊張。他先從錢包裡掏出名片給李英煥看，告訴對方自己是個能力多強、多優秀的律師。接著將自己過去經手過的案件中，曾被媒體大肆報導過的幾樁，也全都介紹了一輪。

「所以是誰病了？」

李英煥眼神不耐地用指尖敲了敲透明的牆面，打斷對方的話。

朴在俊律師一時無法回答李英煥突如其來的問題，只能不斷地眨眼，就像是相機快門一樣。他太緊張了，想說的話全都卡在喉嚨裡。當李英煥再次敲擊牆面時，他才把卡在喉嚨裡的話說出來。

「是我的……我的女兒。她有腦瘤，是八歲那年發現的，這兩年多來，能做的療程全都做遍了。」

「是神經膠質瘤？」

「不是，是那個……神經膠質母細胞瘤。」

接著，他還詳細描述了腦瘤出現的部位、轉移到脊髓的狀況、右眼的失明，以及迄今所接受過的療程等。朴在俊律師一邊滔滔不絕地說著，一邊拿出手機，將手機螢幕展示給李英煥看。女兒的頭部電腦斷層掃描、磁振造影照片，以及醫生的診斷與意見書等，所有可以說明女兒目前病況的文件和照片等，全都顯示在螢幕上。

李英煥閱讀著手機螢幕上的診斷書，接著揮手示意對方翻到下一張照片。朴在俊律師迅速翻過畫面，展示出下一張照片。那是他女兒最新的斷層掃描照片與組織檢查結果。

「你女兒時間不多囉。」

聽到李英煥這麼說，朴在俊律師不自覺閉上雙眼，發出一聲茫然的嘆息。

他覺得自己的身體就像被海浪沖刷的沙堡一樣，整個人都要崩塌了。他自己也很清楚，女兒時間不多了。醫生還說，再拖也很難拖過今年。

「看完了。」

李英煥揮手示意朴在俊收起手機。朴在俊律師將手機放進口袋後，離開座位跪在地上。

「求求你，救救我的女兒。要我做什麼我都願意。」

他把手放在膝蓋上，低下了頭。

這個動作是出自本能，並非事先計畫好的。即便是跪在一個比他年輕許多的罪犯面前，他也絲毫不覺得悲慘或羞恥。

李英煥看著跪在自己面前，展現服從姿態的朴在俊律師。接著，他露出了一抹不耐煩的笑，用指甲敲著塑膠牆面。聽到這個聲音，朴在俊律師猛然抬起了頭。

「什麼病我都治得好。惡性腦瘤？轉移到脊髓還失明？我可以在一小時內清除那個腫瘤，讓她重見光明。對我來說，現在問題不在於疾病的種類，而是我還在這裡浪費時間。」

「治得好。」朴在俊有多想聽到這三個字啊？他咬緊牙關，點了點頭，傾聽著李英煥說話。李英煥是他唯一的希望，他就是那個能將女兒從死亡中拯救出來的人。他相信。他願意賭上一切。他發誓。

李英煥從座位上站了起來，低頭俯視著跪在自己身下的朴在俊律師。就像是神看著祈禱的信徒。

「我欣賞你，我將委任你為我辯護。從明天開始，就以我辯護律師的身分過來找我吧。」

朴在俊律師離開了看守所，走進自己那輛停得很遠的車子。雖然已經被委任為李英煥的辯護律師，但他並沒有歡呼，也不覺得開心。他現在連舉起手臂的力氣都沒有。朴在俊把面試時的緊張，透過一個深呼吸通通吐了出來。

女兒能活下去。雖然還不確定，但他相信自己的辯護能力。雖然李英煥殺了八個人，但他有信心能讓他獲判無罪。

朴在俊律師離開看守所後的下一個目的地是他所屬的李&崔律師事務所。他遞出了辭職信，一句廢話也沒說。連兩天前那個官司的勝訴獎金與退休金也通通放棄了。公司同事問起辭職的理由，他卻一語不發地離開了。他已經被任命為李英煥的辯護律師了，在這個節骨眼上，公司只不過是個絆腳石。

朴在俊律師非常有錢。他所賺來的錢不僅足以讓他一輩子不用再工作，同時還能負擔女兒上億韓元的治療費用。他在首爾有房子，有大樓，有車。就算日後錢不夠用了，以他的經歷，要去其他大型律師事務所或大企業工作也不成問題。那些機構來挖角他的可能性倒還大些。再不然，他還可以成立自己的律師事務所。也就是說，不管發生什麼事，他都有無數個方法能生存下去。

他現在正開著車前往女兒所在的醫院。做夢一般飄飄然的心情，讓身體也輕盈了起來。抵達醫院前，他先去了趟高級麵包店，雙手提著剛出爐的溫熱麵包與飲料進去看女兒。

前往兒童癌症病房時，朴在俊律師在一樓大廳停下了腳步。原因是掛在大廳牆面的巨型電視螢幕上，正在播放的一則新聞。

「今天又發現二十二具被害者遺體，迄今發現的被害者已超過三十名。警方表示……」

這是李英煥共殺害三十人的報導。新發現的二十二名被害者從十多歲的青少年到五十多歲的女性都有。甚至還有一位是外國人。

「警方推測，李某利用被害者進行人體實驗，目前正在進一步調查……」

直到新聞開始下一則報導，朴在俊律師才得以邁開腳步行動。因方才的報導而浮現的千頭萬緒，重重地壓在他身上。

「為了做人體實驗殺掉三十個人還能無罪？」

他搖搖頭，甩開腦海中浮現的千頭萬緒，決定先不去想任何李英煥的事。他是來看女兒，不是來工作的。朴在俊律師移動著他再次輕盈起來的身體抵達兒童癌症病房，進入503號房。

「爸爸！」

抱著破舊海豚玩偶的女兒一邊用開朗的嗓音喊著「爸爸」，一邊朝著朴在俊張開雙臂。他則把滿手的麵包與飲料先放在一旁，用臉頰接受女兒的親吻，給予彼此闊別兩週的問候。

他用自己的大手捧住女兒的臉頰，皮膚的觸感如沙粒般粗糙。這是化療的後遺症。女兒正值在外頭玩耍的年紀，卻已剃光了頭髮，待在醫院裡與死亡對抗。然而，現在的她卻看著朴在俊，燦爛地笑著，甚至還發出了淘氣的笑聲，不知道在開心什麼。

朴在俊律師問候過女兒之後，便將美味的麵包與飲料分送給所有在503號房與病魔對抗的孩子，和他們的父母親，並為彼此打氣。在503號房裡，他女兒的年紀算是大的。這裡目前只有兩個剛滿一歲的孩子。右排第二床本來有個三歲大的女孩，但現在床位已經空了。不用刻意去問，朴在俊律師也知道那張病床空出來的原因是什麼。在這裡是常有的事。

他和503房的所有人打過招呼後，便與妻子並肩坐在陪伴床上，一起看著掛在牆上的電視。晚間一般是看兒童動畫或戲劇的時段，但現在電視上卻播放著新聞。孩子們的父母目不轉睛地看著新聞，因為畫面中的人正是李英煥。

電視螢幕上播放著美國最知名的癌症專家與身障治療專家的訪談。被問到：「有可能在一～兩小時內，利用簡單的手術工具治癒癌症或重度殘疾嗎？」時，兩位醫生都斬釘截鐵地回答：「絕對不可能。」他們還說到，就連喝了三瓶威士忌，醉到不省人事的人，也不可能說出這種無稽之談。但是，他們看了那十個接受李英煥的手術後，癌細胞與殘疾完全消失無蹤的根治案例，也認為此診斷在醫學上是沒有錯誤的。那兩位醫生在訪談的尾聲表示，如果李英煥的醫學技術是真實的，人類應該馬上向他學習。有人轉了臺。電視上播出了另一則報導。這一次，螢幕上出現的是被李英煥綁架後，接受了肝癌治療的四十多歲男子。資料畫面上顯示著他的肝癌四期診斷書，隨後又公開了當時所拍攝的X光，以及電腦斷層、磁振造影照片。光是瀏覽這些照片，就知道沒什麼希望了。接下來，是該名男子接受過李英煥的手術後，在大學醫院接受精密檢查的畫面。除了肝臟有些許發炎症狀外，並未檢測出癌細胞或其他問題。

左側窗邊病床上的一位病童母親淚流滿面。她的兒子今年六歲，正在努力對抗肝癌。而隔壁病床上，另一個孩子的母親則雙手合十祈禱著。

目前，癌症的治癒率約為百分之七十。但兒童癌症和晚期癌症的治療仍屬不易，即使治好了，復發的機率也極高。然而，李英煥的癌症治癒率卻是百分之百。即使晚期癌症已經轉移到其他部位，也可以根治，不需要強效藥物和大型手術。

「媽媽，我可以不要再生病了嗎？」

一個正在對抗肝癌的六歲男孩詢問著身旁啜泣的母親。她藏起悲傷的淚水，對男孩點了點頭。只能眼看著孩子漸漸走向死亡，卻束手無策的父母親，內心作何感想呢？

下一則新聞是李英煥殺人的報導。頻道突然被轉到了兒童動畫。李英煥是一個綁架殺害三十人的殺人犯，但這裡沒有一個人辱罵他，憎恨他，所有人都不在意李英煥殺人的行為，只希望他的罪行能盡快被赦免，回歸社會，公開他的醫療技術。應該是說，全世界的病人都渴望著李英煥的醫療技術，需要李英煥的拯救。但他殺了三十個人，目前正在等待法律的審判。

朴在俊律師和妻子走出病房，在走廊自動販賣機旁的椅子上坐了下來。妻子為他這次成功勝訴的消息而開心地鼓掌，但朴在俊律師卻只是嚴肅地俯視著地板。同時，妻子的笑容也逐漸消失。

「發生什麼事了？」

朴在俊律師深吸了一口氣，遲遲沒能回答妻子的問題。他不知道該不該告訴對方，自己已經成為李英煥的辯護律師了。

他不想給妻子無謂的希望。現在才說這個可能有點遲了，但要在重新開始執行死刑的韓國，讓殺害三十人的男子獲判無罪，是很困難的。然而，以殺人罪被起訴的李英煥也不可能獲得一般赦免，總統更是絕對不可能給予一個殺害三十人的連環殺人魔特別赦免。在腦海中不斷思考的同時，他先試著坦白了另外一件事。

「我辭職了。」

妻子沒有露出驚訝的表情，反而更加確定朴在俊律師身上發生了重大事件。於是，她將手輕輕放在對方的大腿上。

「怎麼了？發生了什麼大事嗎？」

朴在俊律師握住了妻子放在自己大腿上的手，並看著她的眼睛。頓時有千頭萬緒從腦海中閃過。他想起了苦戰過後，所有人都得到幸福的結局，以及女兒那無法阻止的絕望宿命。在深思熟慮之下，他終於向妻子坦白，自己已被任命為李英煥辯護律師的事實。同時，他也拜託對方千萬不要告訴任何人。畢竟消息傳出去一點好處都沒有。妻子放下了擔憂，帶著美麗的笑容抱住朴在俊律師，並為他加油打氣。

妻子的懷抱不大，卻很溫暖。她想像著心愛的女兒就在這個懷抱裡。

女兒還有機會活下去。雖然機率很低，但還是有可能的。身為父親，他必須去做。他有些自責，剛剛居然一度認為自己無法讓李英煥獲判無罪。他必須讓李英煥獲判無罪。為一個殺害三十人的男子辯護，他並沒有任何罪惡感與不悅。只要能救活女兒，就算要殺掉三十人也……不，他不行。

過了一晚，警方又發現了七具被害者遺體。截至目前為止，共有三十七名被害者。而李英煥也承認這些人都是自己殺害的。他甚至還承認自己利用被害者進行人體實驗。李英煥真的在人體實驗中殺害了三十七人。

第二天，朴在俊律師以李英煥辯護律師的身分風光地走進看守所。他進入律師接見室，讓李英煥坐在桌前，自己則坐在他對面的椅子上。接著，正當他從公事包內拿出筆記型電腦放在桌上時，李英煥突然問了他一個問題。

「朴律師，我能被赦免嗎？」

「你是指特殊赦免嗎？」

朴在俊律師一邊回應，一邊將所有需要的物品放在桌上，並將空的公事包放下。李英煥歪著頭，似乎沒聽懂他的話。

「一般赦免是指赦免某種犯罪類型中的所有人；而特別赦免則是赦免總統指定的特定人物，簡稱特赦。」

「特別赦免，這個不錯。」

李英煥開心地彈了彈手指。

「但正如我剛才所說，特赦不在我們的權限之內。只有總統能夠決定人選，所以律師、檢察官、法官都沒有權限進行特赦。我們現在不討論赦免，把重點放在無罪判決吧。」

李英煥垂下嘴角點了點頭，顯得有些失望。朴在俊律師將手放在筆記型電腦的鍵盤上。

「首先，李英煥先生，你必須對我說實話。這個案子的被害者只有三十七位嗎？還會發現其他被害者嗎？你還有犯下其他罪行嗎？」

面對他的問題，李英煥沉思了一下子。接著，他折起手指，又張開手指，然後再次折起手指，就像是在數數一樣。

「呃……應該比目前發現的多五倍吧？……是嗎？還是六倍？我不知道，我沒有仔細算過。」

李英煥說完後，露出了一抹燦爛的笑容。

「你指的是被害者嗎？」

朴在俊律師一臉難以置信地反問。

「是啊，大概一百八十吧？這樣夠嗎？要發現能救人的醫療技術，當然要拿人來做實驗，然後再殺掉啊。有捨才有得嘛。要能治百病，用一百八十個人算少了。」

李英煥得意洋洋地說著，就像戰場老將講述著自己的英雄事蹟。說完時甚至還眨了眨眼。

韓國從幾年前重新開始執行死刑，對暴力犯罪的懲罰力度也隨之大幅加強。然而，他不只是殺了三十七人，而是在人體實驗中殺了三十七人，這樣的男人能夠獲判無罪嗎？再說，其餘被害者總有一天會被警方發現。到時候別說是無罪釋放了，他連死刑都逃不了。

朴在俊律師重重地嘆了口氣，搔了搔鼻尖。接著迅速思考了一遍。被害者的數量比想像中多太多了，一個人殺害了超過一百五十人，這個數字只有在史書上出現過。

「據你所說……你在人體實驗中殺害了近一百八十人……」

他再次深吸了一口氣，試著多爭取一點時間。但是，他卻不知道該說些什麼。李英煥無論怎麼做都難逃一死。

「你想獲判無罪，對吧？但是……你已經承認了所有的罪行，加上日後會被發現的被害者，這起案件的被害者約為一百八十人……要獲判無罪……確實……是滿難的。不過，我還是會努力看看，只是被害者比我想像的要多啊……」

朴在俊律師沒把話說死。要是開門見山地告訴李英煥，不可能獲判無罪，對方很有可能會另請高明。擔任李英煥辯護律師的機會，這輩子不會再有第二次了。李英煥將雙臂撐在桌子上，身體往前傾向朴在俊律師的方向。

「不，不。我現在就告訴你要用怎樣的內容在法庭上獲得無罪判決。」

李英煥把手臂從桌子上移開，挺起前傾的身體，靠在椅背上。

「我殺死的每個人，都一定會被找到。當然，我也會承認這些人都是我殺的。接下來，你只要承認我有在人體實驗中殺人，並聲稱這個實驗和殺人行為是正當的，就可以獲得無罪判決了。殺人的人體實驗對於發展醫療技術來說，是絕對必要的。所以，為了拯救七十億人，在人體實驗中殺人是正當的。大概是這種感覺。你懂了嗎？」

朴在俊律師摸了摸額頭。他不可能理解李英煥的話。

李英煥根本就在胡說八道。不管他提出多恰當的理由，綁架殺人都是有罪的。再說，被害者並不是一個人，而是一百八十個人，他甚至還進行了人體實驗。找其他理由也就罷了，但「殺人的人體實驗是正當的」這個理由是絕對不可能讓他獲判無罪的。李英煥方才所說的，都是充滿矛盾與牽強的廢話。

朴在俊律師才張開嘴，李英煥便豎起食指，示意他別說話。

「別否定，就照我說的做。一定要承認我在人體實驗中殺人，並在法庭上宣稱這是正當的，然後獲得無罪判決。懂嗎？」

李英煥說完後，便放下了食指。朴在俊律師好不容易才平復激動的心情，冷靜地開口說話。

「你堅持要在承認罪行的狀況下獲判無罪的理由是什麼？只要最後能夠無罪釋放不就夠了嗎？」

「我已經在人體實驗中殺了很多人。假設我在沒有提及人體實驗的狀況下，將所有的醫療技術公諸於世。那麼人類就會過著沒有疾病和殘疾的幸福生活。然後，人們會突然想問：『如此完美的醫療技術，究竟是怎麼發現的？』接下來，有人會不停地挖我的底，到時候，我殺人的事就會曝光。如果這件事引發爭議後，我就受到法律制裁而死去，那麼我明明拯救了人類，卻會被當成窮凶極惡的罪犯，逐漸被人遺忘，無法得到任何肯定。而未來的人類仍會不知感恩地繼續使用我的技術。但是，如果我犯下的罪行，都先在法庭上獲判無罪，那麼在我公開醫療技術之後，就沒有人能挖出我的黑歷史了。這樣一來，我不但會因為拯救人類而受到肯定，人類也能過上幸福的生活，這不是很好嗎？所以，我承認自己犯下的所有罪行。現在，你只要在法庭上好好表現就行了。萬一我在法庭上被判刑，我就會死掉，結束！」

說完後，李英煥便拿出一疊名片扔在桌子上。那疊名片在桌上滑成了一個扇形，全都是ＳＳ集團、破壞建設、重病醫療、Ｈ９集團等韓國大企業董事的名片。

「這些人通通都來找過我，說會提供我一卡車的頂尖律師。如果你認為自己無法依我的指示打這場官司，或是無法獲得無罪判決，那麼你可以馬上起身離開。」

朴在俊律師拿起其中一張散落在桌上的名片讀了起來。是ＳＳ集團企劃總部董事的名片。李英煥的意思是，自己隨時可以更換律師，這是個威脅。當然，朴在俊律師非常清楚這一點。

「朴律師，我一小時之內就能治好你的女兒。」

李英煥邊說著，邊用雙手捂住了整張臉。而他的話已化作一支長矛，刺穿朴在俊律師的心。

今年初，他放棄了讓女兒活下去的希望。他只是盡力讓女兒幸福地度過餘生而已。但是，女兒活下去的希望又再次出現了。死也不能放棄這個機會。

朴在俊律師拿起攤在桌上的名片，將它們全都扔進了公事包。先判斷自己做不到，才會覺得自己做不到。

「我可以的。」

他不斷重複著這句話。接著，李英煥露出了埋在手中的臉。他正從指間惡狠狠地盯著自己。

「給我一點時間，我會在法庭上得到認可的。」

朴在俊律師堅定地說著。

「對，就是要這樣嘛。」

李英煥噗哧一笑。

三萬名民眾參與李英煥相關問卷調查

〔可能新聞記者李清〕警方在×日破獲的李英煥案嫌犯李英煥，聲稱自己能治百病。

對此，N'K問卷調查小組以「你相信李英煥能治百病嗎？」為題，針對三萬一千兩百名年滿十七歲的民眾調查。

我相信李英煥能夠治百病：47%

我不相信李英煥能治百病：36%

我不確定：15%

其他：2%

調查結果顯示，相信李英煥能治百病的比率，比不相信李英煥的高出約十個百分點。這方面的專家表示……

我是張東勳。解開了一道不怎麼難的數學題後，我抬頭看了看黑板上方的時鐘。現在是下午六點五十分。數學補習班將在晚上七點下課。再十分鐘就要下課了，我心情很好。

一下課後，我便把書包隨意掛在肩上，快步跑下樓梯。為什麼我開心得像要飛起來一樣呢？啊！哥在補習班門口的超市等我。哥總是會在補習班下課的時候，在門口的超市等我。現在是仲夏嗎？不，現在正要入秋。已經是夏末了。

我走出補習班，在超市門口遇見了我哥。我和哥邊玩著互撞的遊戲，邊走回家。我朝他衝撞，卻反倒被彈開。我的力氣果然還是贏不了哥啊。

今天是星期五，回家以後要叫媽點炸雞外送。我和哥一邊走進電梯，一邊想著要點什麼口味的炸雞。我們家在七樓。

我和哥到家後，走進屋內。然而，我的父母都命在旦夕。爸爸冰冷地倒在地上，頸部不斷湧出鮮血；媽媽則全身赤裸，連件內衣都沒穿。她腹部插著一把刀，鮮血像瀑布般從她的腹部噴出來。

我和媽媽對視著。媽望著我，嘴巴像鯽魚般一張一合的。接著，她一張一合的嘴巴也漸漸靜止，頭無力地垂在地上。親眼目睹這一幕時，我才十二歲。

那是我有生以來第一次去警察局，也是第一次見到所謂的「檢察官」。我第一次接受審訊，第一次上法庭。這一切我都只有在課本或電視上看過。

殺死我父母的凶手很快就被警方抓獲。犯人是一名因賭博而散盡家財的三十多歲男子。他說他殺人的動機是「賭博輸光了所有的錢，人生很空虛」。我覺得那傢伙既可悲又噁心。我好想殺了他。我想剁碎他的四肢，吞到肚子裡；我想燒掉他的軀幹，扔下懸崖；我想把他毒打折磨至死。

我在父母的葬禮上哭個不停。我在父母笑容滿面的遺照前大哭，彷彿失去了整個世界。我絕望地痛哭著，希望讓所有人理解我的悲傷。但是，來參加葬禮的人並不關心我們兄弟倆。他們只顧著說：「孩子們何罪之有啊……」、「好可憐……」等等不著邊際的話。

「為什麼！沒人試著幫幫我們！為什麼！不幫幫我們兄弟倆！既然是成年人，就幫我殺掉那個殺死我父母的傢伙！要不然……至少幫我揍他一拳吧……求求你們。幫我報仇……」

我在葬禮現場哭喊著。我們兄弟倆還太年輕，無能為力。但是有能力的那些成年人卻一點都沒想過要幫助我們。他們甚至沒有試著要教訓那個王八蛋……

第一次法庭審理開始了。我的身體癱軟得像融化的冰淇淋。我的腦袋一片空白。那個王八蛋就在我眼前，但我卻什麼都做不了，甚至無法接近那傢伙。我想殺了他。我真的好想殺了他。然而，令我驚訝的是，有個人和我們一樣想殺死那個王八蛋。那個人就是白檢察官。

我能從迴盪在法庭的聲音中，感受到他的憤怒。他把存在的證據和不存在的證據全都搜集了起來，提交給法官，並用那如音樂劇主角般洪亮的聲音震撼著整個法庭。即便被法官警告了數次，他也毫不在意。他憤怒得就像是自己的父母被人殺害一樣。理由不得而知，但他確實渴望殺掉那個王八蛋。

他的英姿讓我淚流滿面。我太感謝他了。他就像是個勇士，幫助了我們這對無能的兄弟。他是全心全意幫我們復仇的正義勇士。結果，那個王八蛋在法庭上被判處死刑，可惜我國已經很久沒有執行死刑了。那個王八蛋將會一輩子在監獄裡，用人民的稅金過著衣食無虞的生活。但值得慶幸的是，他此生都無法再踏進社會一步。不，他還是別出來的好。因為他一出來，就會被我殺掉。

審理結束後的第二天，我和哥哥沒多想就去拜訪了白檢察官。他手邊堆滿了文件，看起來相當忙碌，但他還是很樂意挪出時間給我和哥哥。白檢察官就是電視劇和電影裡常出現的那種嫉惡如仇的人。

「小鬼，媽的，竊盜或打架這種事情我還多少能理解。人生在世難免嘛。但是那些殺人性侵的臭王八蛋對社會毫無幫助。他們是沒用的人渣！我想抓住那些王八蛋，合法地將他們關進監獄，讓他們老死在裡頭。他媽的！應該把他們通通判死刑啦……反正……這就是我當檢察官的原因。我想親手抓住這些臭王八蛋，好好折磨他們。抓人是警察負責的吧？」

白檢察官以一個無趣的玩笑結束了這段談話。

理由不得而知，但我當時就被白檢察官迷住了。當殺死家人的王八蛋就在眼前，卻陷入無能為力的絕望時，白檢察官就像光之勇士般現身，將我從絕望中解救出來，並處決了那個王八蛋。但是其他與我處境相同的人一定沒能得到這樣的協助。犯了罪的人在監獄裡過得舒舒服服，而失去家人的人卻每天活在絕望之中。我想要幫助那些人。我想成為能合法向那些王八蛋復仇的勇敢戰士。「受人幫助，就要幫助他人。」這是我在天上的父親最常說的一句話。從此，我的夢想便是成為一名檢察官。

父母雙亡後，我和哥哥在外婆家長大。我們把白檢察官當成自己的父親，一直跟隨著他。白檢察官一開始覺得我和哥哥很煩，但後來還是接受了我們。他並沒有收養我們，只是對我們很照顧罷了。

我和哥哥開始拚了命地讀書。連朋友都不交。課本與法典就是我們唯一的朋友。通過學力鑑定考試後，我本來打算馬上準備司法考試，不考大學，但白檢察官認為一定要先進入首爾知名大學就讀，再參加司法考試。他一再灌輸我「人生不脫學緣、地緣、血緣、菸緣」這個觀念。

每當我真的不想讀書，疲憊不堪的時候，就會拿父母遺照旁的剪貼簿出來看。

〔性侵女友後錄影並散布影像之二十多歲男子一審判處兩年，二審獲判無罪〕

〔因一時無聊而殺害路人的男子獲緩刑〕

〔入侵民宅殘忍滅門者……經診斷為精神耗弱〕

．．．

我把這些該死的新聞報導剪下來貼在剪貼簿裡。我從來不曾辱罵過這些做出低能判決的法官，也沒有因此而辱罵過檢察官。他們無法理解被害者家人的感受，是因為他們的家人並沒有淪為犯罪的犧牲者。這也是在所難免。罪不在此。但是我不一樣，我曾經歷過那地獄般的遭遇。

「同病相憐」這個成語指的是「相同處境的人們彼此有所共鳴」。對於那些眼看殺死自己家人的人就在面前，卻無能為力，以淚洗面的人們，我有一百萬個共鳴。他們只希望那些王八蛋去死。所以，我必須成為一名檢察官，去協助他們。我要合法地殺死那些王八蛋。我必須成為勇士……把憤怒化為熱情……透過學力鑑定考試取得高中學歷……進入A大學法律系。

這裡是殺害我父母那個王八蛋的刑場。我實現了自己的夢想，成為了一名檢察官；站在我身邊的，是我的法官哥哥。而白檢察官已搖身一變，晉升為國會議員了。

白議員一進入國會，就不斷主張韓國須重新執行死刑。去年，政府針對「韓國是否應該重新執行死刑？」這個議題舉行全民公投。由於有過半民眾贊成重啟，便從今年起，重新執行死刑了。

那個王八蛋就在透明玻璃窗內，四肢被綁在貌似手術臺的死刑臺上。我日日夜夜盼著他死，而五分鐘後，他真的要死了。只可惜是無痛的化學死刑。我應該要親手殺掉他的，但，我已經心滿意足了。

執行死刑的醫生拿著藥物，走向那個被綁住的王八蛋。他瞪大眼睛看著漸漸走近的醫生，握緊拳頭，瘋狂地掙扎。奈何，被緊緊捆綁的四肢卻動彈不得。我一直在期待這一刻。那王八蛋手臂上連接了三條軟管，其中一條已開始注射藥物。接下來，慢慢地……第二支藥物……好暗……

張東勳檢察官在客廳地板上的一個小床墊上醒來。他一睜開眼睛就抓起了枕邊的手機。現在時間是上午五點五十九分。六點一到，鬧鐘便會響起。他將手機放回枕邊，再次閉上眼睛，並沒有起身，因為鬧鐘還沒響。

他一點都不累，睡得很好。很久沒有夢到自己的過去了。這個夢，就像是有人把他的一生拍成了一部電影，並放映了出來。就算只是鬧鐘響起前的一分鐘也好，他想好好咀嚼這個夢。

六點一到，手機鬧鐘就響了。張東勳檢察官關掉鬧鐘站起身，喝了杯冷水，開啟新的一天。轉眼間，他已年屆三十六，身邊卻連個論及婚嫁的異性友人都沒有，更別提結婚了。他對感情這種事沒有興趣。

他在首爾高等檢察廳工作了十二年，五年前被分派到他的家鄉——九岩地方檢察廳。這都是因為白議員的一句話：「要順利打入政界，就必須先攻下故鄉。」

張東勳檢察官用幾近冰冷的涼水洗完澡後，離開了浴室。接著拾起自己扔在地上的，前一天穿過的那件西裝。早餐則簡單地抓著便利商店買來的三明治、雞胸肉、小番茄等，逐一塞進嘴裡。

張東勳檢察官正開著車前往檢察廳出勤。馬路上的號誌燈一變換，他便停下車，回憶起今天夢中的童年時光。與腹部插著刀子的母親最後的眼神交會，就像照片一樣停在他的腦海中，但他卻沒有任何情緒。痛苦或憤怒又有什麼用呢？人死不能復生。他的眼淚與痛苦，早已隨著父母而去了。

不知道從什麼時候開始，他失去了生活的樂趣。他的嗜好就是每兩天去健身房鍛鍊一個小時，僅此而已。他個人對犯罪者的憤恨，也全都消失了。現在他心中殘留的，只有「為受害者家屬洩恨」這個不屈不撓的使命感。這就是所謂的合法報復。

張東勳檢察官抵達了檢察廳。他並沒有直接進入大樓，而是先在停車場旁的吸菸區點了根菸。抽菸是跟白議員學的，但不知不覺間，他卻已經抽得比白議員更凶了。他把今天在夢中對過去的留戀，隨著香菸的煙霧，一起吹散。

張檢察官拿出手機查看網路新聞，今天最熱門的新聞就是李英煥的相關民調。他只讀一半就把手機塞進了口袋，將抽到一半的菸扔進菸灰缸後，他走進了大樓。

進入辦公室後，他先向合作的事務官互道早安，接著便坐在辦公桌前整理堆積如山的文件。他這次所負責的是李英煥綁架殺人案。李英煥被控謀殺、綁架、遺棄屍體、非法執行醫療業務等十六項罪名。一個小時後，李英煥將接受審訊。

審訊開始前，張東勳檢察官便先坐在審訊室中喝起了能量飲料。需要專注於重要工作時，比起咖啡，他更偏愛能量飲料。他喜歡運動，能量飲料對他來說更加順口。

他再次閱讀起李英煥的個人資料和案件相關文件。自從開始負責李英煥案以來，他不厭其煩地反覆閱讀，讀到幾乎都要背起來了。即便如此，他還是又看了一遍。方才閱讀的資料指出，李英煥案目前已造成五十六人死亡。被害者屍體的相驗結果也寫在旁邊。屍體發黑的原因是癌細胞蔓延至全身，各種疾病混雜在一起；關節畸形彎曲的原因則是李英煥以人為方式將被害者的韌帶、肌肉、關節製造出殘疾。

張東勳檢察官從手中的文件裡，感受到了死者家屬的憤怒。家人在人體實驗中死亡，是不可能用健康的心態活下去的。所以，他必須殺死李英煥，為他們報仇。此時，審訊室的門被打開，戴著手銬的李英煥氣焰囂張地走了進來。

李英煥一坐在張東勳檢察官對面的椅子上，便送給對方一個大大的哈欠。他在人體實驗中殺死了五十六人，卻毫無罪惡感，彷彿自己便是世界的主宰者，那睥睨一切的眼神，全都看在張東勳檢察官眼裡。他皺起了眉頭，但這並不是因為他有什麼情緒。張檢察官並不在意李英煥狂妄的態度。他暫時放下閱讀到一半的文件，向李英煥問好。

「幸會，我是負責本案的張東勳檢察官。在開始審訊之前，有幾句話要先告訴你，我會想盡辦法讓你被判死刑。殺了五十六人，就別想逃過死刑。你的新聞我都看過了，你那些條件我也都讀過了。你他媽休想無罪釋放。如果你被赦免，被放出去，我會親手殺了你，所以你大可不用擔心。放輕鬆就好，我自己會想辦法殺你。」

張東勳檢察官用指尖滑過文件夾尖端，用屍體般冰冷的眼神直盯著李英煥。他對李英煥沒有任何負面的私人情感，只不過是體會到勇士的使命感而已。

李英煥噗哧一笑，似乎把對方的話當成了笑柄。這個笑容讓張東勳檢察官的眉頭更皺了，但他的臉上並沒有任何情緒。

「我是一個能讓瘸子走路，讓病人健康的人。我能治百病啊。我的生死可由不得你決定。你覺得我看起來像騙子嗎？」

「不像，我堅信你是能治百病的。我對醫學不怎麼瞭解，但光看被害者的照片，就知道你說的都是事實。接受你治療的十個人也一天到晚出現在電視上，看得我都煩了。」

張東勳檢察官的一席話似乎讓李英煥心情大好，他就像喝醉的山賊一樣仰起頭，豪邁地放聲大笑。

李英煥最近在看守所被轉到了單人房。單人房裡有電視，可以看新聞，他知道自己已經漸漸得到社會的信任了。現在就連這個放話要殺了自己的檢察官也相信自己，他忍不住笑出聲來。

「檢察官，光看殘疾和癌症就好了，全世界有殘疾和癌症的人實在太多了。地球上只有我一個人能徹底治好這些病患，你覺得國家會眼睜睜地看著我死嗎？我完美的醫療技術，通通都在我的腦袋裡。我本來就很聰明，從來不曾把這些東西記錄在任何地方。就算搜遍整個宇宙，也找不到與我的醫療技術相關的一字一句。所以，只要我一死，人類擺脫苦難的機會就化為烏有了。」

說完，李英煥便揚起嘴角莞爾一笑。

「李英煥先生，你知道韓國是法治國家嗎？不管你是神，還是能治百病的人，在法庭上都會得到公平的處分。你殺了很多人哪。不管你搞什麼鬼，都一樣會上死刑臺的。別痴人說夢了。」

「要是我不上死刑臺呢？」

面對李英煥的提問，張東勳檢察官的眉頭變得更皺了。

「我剛剛已經說過了，我會親手殺了你……」

聽到這句話，李英煥噗哧一笑，就像是在挑釁對方說：「想殺就來殺殺看啊。」但張東勳檢察官的表情並沒有任何變化，就像是個無法感受情緒的人型模特兒。

審訊開始後，李英煥承認了先前被揭露的所有罪行。遴選被害者的標準，以及綁架的方式，他也都進行了詳細的說明。李英煥以一種意想不到的方式綁架了這些被害者。如此完美的犯罪手法是普通人的腦袋絕對想不出來的。正因如此，警方一直找不到遭到綁架的被害者，只進行了簡單的失蹤處理。

當張東勳檢察官詢問到與人體實驗有關的內容時，李英煥表示，他是先以人為方式讓肉票身體上出現疾病與殘疾後，再將其治癒的。然後，他會再次讓他們產生疾病與殘疾，並將其治癒。就這樣反覆進行這個流程，直到被害者死亡。張東勳檢察官進一步詢問了人體實驗相關細節，但李英煥只是聳聳肩，說他什麼都不知道。於是，李英煥的第一次審訊便在午餐時間前結束了。

審訊結束後，張東勳檢察官在吸菸區遇見了總是和他混在一起的同事，於是兩人便一起前往檢察廳門口的一家韓國料理餐廳。走進餐廳後，他們隨便找了個空位坐下。

「喂，聽說李英煥是你負責的啊？你要求處死刑嗎？」

同事才剛坐下，就丟了個問題給張東勳檢察官。

「你這話什麼意思？」

張東勳檢察官眉頭微皺。

「依我看，李英煥那傢伙應該不是騙子。你不也相信李英煥說的是事實嗎？如果他能治百病，當然應該讓他活下來吧？國民請願網站上，已經有超過三十萬人要求政府釋放那傢伙了啊。病患開始群聚示威，那傢伙的故事也傳到國外去了……就算李英煥入獄，也很難被判處死刑吧？」

同事一邊說，一邊把水倒在張東勳檢察官與自己面前的杯子裡。

「炳鍾，在國民請願網站上，要求處死李英煥的也有大約三十萬人啊。再說，媽的，民眾這樣鬧根本沒什麼用，之前全國都說要判那個強姦小孩的王八蛋死刑，現在他還不是出獄了，活得好好的？李英煥殺了五十六個人。他是不可能逃過死刑的。」

張東勳檢察官乾咳了一聲，疑似是吸進了灰塵。他喝了杯水之後，又繼續說了起來。

「雖然我國的法律感覺很廢，但法律就是法律。不管那個人是有錢人、乞丐還是總統，只要做錯事，就有法可治。要是那個王八蛋活著離開，家屬該如何自處？他們能好好活下去嗎？如果殺死自己家人的王八蛋被全世界當成英雄，他們能好好活下去嗎？我絕對不會坐視這種狀況發生。萬一李英煥命中註定要活著出去，那他可不能遇到我啊。」

張東勳檢察官緊皺的額頭怎麼也舒展不開。同事則揚起一側的眉毛，一臉拿他沒轍的樣子。此時，餐廳阿姨把小菜擺在桌上，並給了兩位檢察官一人一碗白飯。準備舉起筷子夾菜的同事突然停下了手上的動作。

「喂！萬一他被特赦怎麼辦？他能治百病欸，總統會放他出去吧？」

同事一副想出了絕妙點子的表情。

「你放心，如果那傢伙沒被判死刑，我會親手殺了他。」

張東勳檢察官臉上的表情更加沉重了。

聽了他這句話後，同事一邊用鼻子冷笑，一邊夾起了桌上的小菜。他並不是看不起張東勳檢察官，只是覺得對方在擔心一些莫名其妙的事情。

一個在人體實驗中殺死五十六人，甚至還親口承認犯行的人，是不可能免於法律制裁的。當然也絕對不可能得到特赦。只要身處有法律的國家，李英煥就不可能免於刑罰。也就是說，李英煥死定了。

李英煥是神，銳不可當的宗教誕生

「李英煥是為了拯救即將病死的人類而降臨的神。」

這是新興宗教——李神教中心教義的第一句話。李神教便是「李英煥是神」的意思，最近因為召集了兩萬名信徒而蔚為話題。

被李英煥治癒卵巢癌的石某，是大量信徒對李神教趨之若鶩的主要原因之一。李神教的創始成員石某參與了所有布道活動，她將李英煥推崇為「神」的畫面，也時常出現在媒體上……

……

在被問及李神教未來的計畫時，李神教教主李某表示：「李神教會不擇手段，努力將遭到羈押的神（李英煥）救出看守所。」

羅推進(wlqwnd@dkseho.co.kr)

第二章

第一次庭審

죽음의 꽃

大韓民國憲法第十一條第一項：所有人民在法律面前一律平等。不分性別、宗教、社會地位，人人在政治、經濟、社會、文化等所有領域上皆不受歧視。

李英煥被捕至今，已經過了兩個月的時間，對他的調查也徹底結束。張東勳檢察官正坐在審訊室裡，閱讀著厚厚一疊文件。李英煥案相關文件在書桌上堆成了一個高塔。被捏扁的能量飲料罐在桌子上滾來滾去，坐在張東勳檢察官對面的李英煥歷經了長時間的審訊，看起來相當疲憊。

在李英煥的人體實驗中死亡的所有被害者都已被尋獲。未成年人四十五名、成人七十名、外國人二十八名、身分不明的成人三十名、身分不明的未成年人五十名，總共二百二十三人。身分不明的五十名未成年人皆是在李英煥的人體實驗中出生的三歲以下孩童或胎兒，其中二十一名由於受孕未滿二十四週，在法庭上被認定為流產，而非謀殺。

警方後來尋獲的一百六十七名被害者，都呈現出只有B級恐怖電影裡才會出現的死狀。這全都是因為李英煥的人體實驗。此外，從四年前在人體實驗中死亡的第一個被害者，到最近期的被害者，通通都沒有腐敗。李英煥使用某種特殊的方法，對被害者的屍體做了永久防腐處理。

李英煥的所有人體實驗內容都不能公諸於世。因為那太可怕，也太殘忍了。所以，透過媒體所公布的訊息只有「本案共有兩百二十三名被害者」，以及「所有被害者皆因李英煥的人體實驗而死亡」。

「李英煥先生，審訊到此結束。」

張東勳檢察官將他正在閱讀的厚厚一疊文件扔到桌上，並伸了個懶腰。李英煥也隨之伸展著身體。

「張檢察官，審訊真的結束了吧？」

「是的，如果你沒有犯下其他罪行，我們就再也不用見面了。」

李英煥將伸展時高舉到頭頂的雙臂靠在桌上，長嘆了一口氣。接著，就像個疲倦的高中生一樣，趴在審訊室的桌子上。

李英煥承認這兩百二十三人都是自己所殺害的，但他卻完全不透露人體實驗的內容。因為其中包含了他醫療技術的相關資訊。張東勳檢察官知道李英煥即便死到臨頭也不會說出實驗內容，所以很快就宣告放棄，結束審訊了。

張東勳檢察官透過手腕上的錶，確認了現在時間。晚上九點二十五分，審訊結束得比想像中早。眼看還有一點時間，他便拿起案件資料塔最頂端的文件夾，並將其攤開。

「李英煥先生，你一定很累吧，但我想以個人立場問你一個問題，可以嗎？」

張東勳檢察官拿出夾在文件夾中間的一張紙。

「好，請說。」

李英煥繼續趴在桌子上回答道。

「你為什麼要殺李秉錫？」

面對張東勳檢察官的提問，李英煥一語不發。就連呼吸聲都聽不見，就像是突然死了一樣。

「我問你為什麼要殺李秉錫？」

張東勳檢察官拿起他先前抽出的那張紙，雙手抱胸，再次問道。

李英煥抬起他趴臥在桌上的上半身，靠在椅背上。他那總是帶著愉悅笑意的眼神，瞬間變得銳利。張東勳檢察官激怒了他。但是，李英煥馬上露出了燦爛的笑容。只不過，他還是沒有回答張東勳檢察官的問題。

「李秉錫是你父親，你為什麼要殺他？」

張東勳檢察官並沒有就此收手，他又問了一次。李英煥的嘴唇重複著一張一合的動作。他想說點什麼，卻又猶豫不決。極度慌張的神色全都寫在臉上。但，他依然沒有收起笑容。

「那……就談談我的過去吧。你願意聽嗎？」

張東勳檢察官點了點頭，什麼也沒說。李英煥搔著頭，開始吐露起方才欲言又止，說不出口的話。

「我們家很窮，家裡只有我一個孩子。總之，我讀醫學院的時候，父親得了肝癌。所以，他在九岩醫院剃光頭髮，接受化療，真的很痛苦。錢都花下去了，還是痛苦得要命，卻也不代表癌細胞就會消失得一乾二淨。所以我父親拒絕治療，逃回家了。後來，他打電話給我，說那些混蛋醫生都是騙子，還叫我休學欸。雪上加霜的是，我的母親也開始生病了。但是，父親說那些醫生都是騙子，就算去了醫院，病也治不好，所以不讓我母親去醫院。母親就這樣死在了家裡。我甚至不知道她是怎麼死的。她沒有在醫院做過任何檢查和治療就死了。」

李英煥停下來做了個深呼吸，大概是回想起母親的事，讓他有點哽咽吧。接著，他整理好自己的情緒，繼續說了下去。

「過了一陣子，我領悟醫學後，便休學了。我來到九岩，抓人來開發並鍛鍊醫療技術。就這樣過了兩年左右，癌末的父親依然健在。我真的很慶幸。當時，我已經完全掌握了治療癌症的方法，我堅信自己可以治癒父親的癌症。於是，我為父親動了手術。但是，我失敗了，父親也死了。在父親死去的同時，我也修正了這僅有的一個問題，並學會了真正完美的癌症治療技術。這項技術少了我父親，是絕對不可能達到完美的。所有癌症患者都應該感謝我的父親。既然都告訴你了，就請你也記住我的父親吧。」

李英煥一說完，便對張東勳檢察官眨了個眼。他以父親的死為傲，滿臉笑意。他親手殺死了自己的父親，卻沒有任何罪惡感。不，他根本不認為這是罪，又怎麼會有罪惡感呢？

張東勳檢察官一如既往地皺著眉頭，以屍體般的表情看著李英煥。他並不在乎李英煥殺了父親還是母親。會問這個問題，真的只是出於他個人的好奇心。沒有其他理由。

「原來如此。感謝您的答覆。那個……李秉錫先生，我會牢牢記住的。」

張東勳檢察官起身離開審訊室。下班之前，他進了一下辦公室。辦公室裡的人都下班了，一個人也沒有。當然，燈也都關了，室內一片漆黑。他打開辦公室的門，藉著通往辦公室的走廊燈光，進入了漆黑的辦公室，將厚厚一疊文件夾扔在桌上。布滿辦公桌的紙張，像秋天的落葉一樣，飄離了辦公桌。但是，他並沒有撿起掉在地上的紙張，而是逕直走出了辦公室。

當李英煥第一次出現在世人眼前，聲稱自己能夠治百病時，很多人認為他是個騙子。但是，兩個月過去了，情況發生了很大的變化。大多數人選擇相信，或是想要相信他的醫療技術。一項新的民意調查結果顯示，大約有百分之八十七民眾相信李英煥的醫療技術。人們開始相信李英煥醫療技術的一大原因，是他所治癒的那十個人。

接受李英煥治療的這十個人，頻頻出現在新聞與健康節目上。檢測他們殘疾與疾病消失與否的畫面與檢測結果，在電視上出現了百餘次。他們曾飛到美國、歐洲、日本等地接受過精密檢查，除了北韓之外，幾乎所有國家都去過了，而檢查結果當然都是「健康」。有傳言指出，他們過去殘疾與疾病的診斷書都是偽造的，於是診斷書被交付國科搜檢測，甚至連開診斷書的醫生和醫院都遭到警方調查。但是，並沒有發現任何偽造痕跡。種種因素一點一滴累積起來，讓李英煥的信任度不斷水漲船高。

原本只有少數病患走上街頭抗議，反對李英煥的死刑，但現在儼然已經形成一個龐大到足以建立聯盟的組織。目前，反李英煥死刑聯盟成員估計已超過兩百萬人。全國的病患與其家屬幾乎都加入了這個聯盟。其中也包括許多知名藝人、政治人物，以及企業董事。因為人並不會因為社會地位高，就免於疾病。聚集了大量人員的聯盟，高調地站出來抗議，反對李英煥的死刑，並開始登上媒體。

在新聞節目結束後播放的談話節目中，一位患有先天性脊柱裂，在輪椅上度過了一生的三十多歲女性以來賓身分出席。她直言不諱地談起韓國和全世界身心障礙者的處境與現實，以及無法避免的歧視，不願面對的痛苦。她認為這兩百二十三名被害者的犧牲十分令人遺憾，但他們的犧牲，卻能讓全世界患病的人們從痛苦中解放。

她聲稱，每個人都能因此過得健康快樂。她含著淚說道，自己也想走路，也想和其他人一樣過正常的生活。據說，光是韓國就有約兩百五十萬名身心障礙者。雖然不是每個人都有嚴重殘疾，但生活卻都相當不便利。不只是她，還有許多身心障礙者和病患出現在各大媒體上，試圖讓大眾認知到「李英煥是這世界不可或缺的存在」。

除了病患之外，還有一些人反對李英煥的死刑。這群人只是普通人。他們都是一般民眾，與李英煥人體實驗中的受害者毫無關係，健康也無大礙。他們想讓李英煥回歸社會的理由很簡單——沒有人是百分之百健康的，他們一方面害怕自己年紀大了身體會出問題，一方面也擔心家人會罹患重病。但這些人僅止於私下支持病患，並沒有出現在媒體上，也沒有參與示威活動，只有捐獻款項與所需物資給李英煥死刑聯盟而已。

案件被害者家屬本以為李英煥必然會遭到全國人民的辱罵，被法官判處死刑。然而，在團結一心的反李英煥死刑聯盟四處奔走，堅持反對李英煥的死刑之際，被害者家屬也開始團結了起來。

從一位因李英煥而失去六歲兒子的父親開始，被害者家屬一個個動身前往九岩廣場。他們高舉寫著鮮紅色「處死李英煥！」字樣的巨大旗幟，舉行了贊成李英煥死刑的示威活動。所有的被害者家屬都來到廣場上，團結一心，但人數與反死刑聯盟相比，實在是太少了。沒想到，其他人卻成為了支持他們的強大力量。這些人也是普通人。

當「李英煥案被害者多達兩百二十三名」這個誇張的消息出現在新聞上的同時，被害者全都在李英煥殘酷的人體實驗中死亡一事也隨之浮上檯面。此後，對李英煥深惡痛絕的人們如雨後春筍般地冒出頭來，加入贊成李英煥死刑聯盟的人數也因而達到了不容小覷的數字。

在談話節目中，有一位專業刑事律師表示，李英煥是韓國最凶殘的屠殺者，理當被判處死刑。他還補充道，如果李英煥沒付出代價就離開看守所，就等於否定了國家的法律。韓國是個法治國家，法律之前人人平等。無論他的醫術多麼出色，都應該受到合理的懲罰。這位律師在畫面上公布，重啟死刑後，有百分之九十九的殺人犯被判處死刑，其中包括一年前殺害街友後，還吃了肉的男子被判處死刑的案例。後來，這個無聊的話題又談了三十分鐘左右，結論就是——李英煥絕對不可能逃避死刑。

相衝突的兩股勢力，至今仍在持續成長當中。他們懷著各種苦衷和不同想法，相互衝突，爭執不下。一切都是因為那個叫李英煥的男人。法律會懲罰在人體實驗中殺死兩百二十三人的魔鬼，還是接受一個拯救人類脫離疾病和殘疾的神呢？這個問題的第一個答案，很快就會揭曉了。今天是李英煥第一次庭審的日子。

李英煥進行庭審的法院前，贊成李英煥死刑聯盟已群聚在道路的一側，席地而坐。每個人頭上都綁著印有「速判死刑」字樣的頭帶。有位男子兀自佇立在那廣大的人群中，拿著擴音器大喊。

「李英煥！你殺了兩百二十三個人，休想活著出來！你一出來，我就會殺了你！」

這個哭喊聲，來自於一位在李英煥的人體實驗中失去六歲兒子的父親。他的聲音從擴音器傳出來後，人們便開始大聲歡呼，並呼喊著自己的故事。他們身後有個真人大小的草人。草人的臉部貼著印有李英煥肖像的紙，當它的頭部被懸掛在粗糙的絞刑臺上時，人們再次大聲歡呼了起來。

贊成李英煥死刑聯盟的對面，反死刑聯盟也同樣坐在道路上展開示威。他們所聚集的道路中央，設置了一個簡單的小舞臺。接著，一個男人拿著麥克風站上了舞臺。該男子患有唐氏症。唐氏症是最常見的染色體疾病。當然，也沒有任何方式能夠治癒。

男子站在舞臺上，把麥克風放到嘴邊。略顯含糊的發音和不成熟的用詞所組成的句子，透過麥克風傳了出來。在李英煥出現之前，沒有一個人願意聽他說話，但為了反對死刑而聚集在這裡的每一個人，現在卻都對他的發言洗耳恭聽。

他並不是自願生這種病的。都快三十歲了，卻還沒有被認定為成年人。他的能力與經濟能力遠遠不足以獨立生活。這名男子大喊著，他想成為社會的一分子，以成年人的身分得到認可。他想做個堂堂正正的成年人。他哭了。因為他想起了曾深愛過的戀人。對方也患有唐氏症，已於去年去世。

「你們這些王八蛋！要是李英煥切開你們家人的肚子，把他弄死，你們還會在這裡胡鬧嗎！」

正當男人談論著璀璨的未來時，遠處的擴音器聲音，隨著尖銳的機械聲傳來。另一位老婦人也用擴音器，聲嘶力竭地呼喊著。

「把我的丈夫救活啊！」

寫著「處死李英煥」字樣的大旗飄揚著。

「速判！」

「死刑！」

他們的聲音匯聚成一股巨大的聲響，環繞著整個法院。那巨大的聲響，讓一個孩子尖叫倒地，扭動著身體。那個孩子患有腦性麻痺。身旁的父母試著扶起倒地的孩子，孩子卻奮力掙扎。而這整段畫面，都被電視臺的攝影機拍了下來。

李英煥的第一次審判正在進行。朴在俊律師告訴法官，本案的發生，是獲取新醫療技術不可避免的犧牲。正是因為這兩百二十三名犧牲者，李英煥才得以拯救人類脫離疾病與殘疾之苦。因他的醫療技術而保住性命的人數，遠比犧牲者來得多。

朴在俊律師當然知道，他的辯護並不會改變死刑確定的判決結果。但是，他別無選擇。法官的表情果然很難看。

庭審輪到檢方了。張東勳檢察官在法庭的螢幕上展示出一張照片。這是一張女性被害者的照片。她的關節已扭曲變形，就像是個有關節的玩偶，被胡亂折斷了所有關節一樣。她的皮膚黑得像是被火燒過，全身布滿了癌細胞與各種皮膚病。接著是下一張照片。

張東勳檢察官解釋道，螢幕上的被害者是女性，但她卻擁有男性生殖器和女性生殖器。李英煥的人體實驗，導致她自然而然長出了男性生殖器。她的身高超過三公尺，左手臂則超過兩公尺。接著是下一張圖片。

這是一位六十多歲的男性。下一張照片是一位二十多歲的男性。再下一張照片則是一位八十多歲的女性。這些人全身都被癌細胞腐蝕，關節也已扭曲變形。接著是下一張照片。

這是一名二十多歲的男性被害者，但他的內臟中卻發現了子宮。這同樣是人體實驗所導致的。被害者在沒有發生性關係的狀況下懷孕了，而胎兒的DNA與被害者的DNA百分之百一致。也就是他複製了自己，並懷孕了。接著是下一張照片。

這是一張八個月大胎兒的照片。檢方並沒有說明。檢方一共在法庭上公開了兩百二十三張照片。法官別過頭，強忍著不斷襲來的噁心感。速記員的表情也相當難看。

朴在俊律師看到受害者的照片後，感到十分震驚。每看到一張螢幕上的照片，體內的穢物彷彿就要噴湧而出。許多事情遠比李英煥告訴自己的更令人震驚。被害者中，有三個和他女兒年紀相仿的女孩。看著那些女孩慘不忍睹的照片顯示在螢幕上，身為一位父親，實在是相當憤怒……不，是感激。正因為有那些孩子，他的女兒才能活下去。當胎兒出現在螢幕上時，他不得不別過頭去。這不是一個正常人能夠負荷的畫面。每當李英煥看著這些被害者照片微笑時，他都會全身發毛。這個人背負著不可磨滅的罪，而自己則必須讓他無罪釋放。但是，他並沒有罪惡感。他必須把女兒救活。還能活下去的人，難道不應該救嗎？就算要付出生命的代價，他也必須讓李英煥無罪釋放。

審判繼續進行，沒有中斷。

「被告，在人體實驗的過程當中，你有採用麻醉或其他措施來減輕被害者的痛苦嗎？」

現在是審問李英煥的時間，張東勳檢察官問了他一個問題。

「我是可以做去除痛覺的手術啦，但我是在做實驗，何必要做這個？我偶爾會做去除聲帶的手術。」

李英煥果然又笑了出來。法官的表情僵硬至極，朴在俊律師則皺起了眉頭。

「被告，請進行最後結辯。」

法官在庭審結束前，讓李英煥站起身來。

「我殺了兩百二十三人，被關押了大約兩個月。在那兩個月的時間裡，全世界至少有六十萬人死於癌症。而我就能拯救那六十萬人。現在！這兩百二十三人，害死了那六十萬人。法官，我沒有罪。我只是努力想拯救人類而已。」

李英煥笑著說完了這段話。

第一次庭審結束了。李英煥再次被關進看守所，張東勳檢察官和朴在俊律師則暫時分道揚鑣。他們必須開始準備二審。被告承認殺害兩百二十三人，一審結果當然是死刑。他是不可能被無罪釋放的。

警方疑似發現李英煥的醫療技術並進行隱匿

某團體堅稱李英煥的醫學技術真實存在，而他已將自己的技術整理好，藏在韓國境內某處。該團體目前正為了尋找該技術而走遍全國。目前，該團體的網路論壇「LMT」中的一篇發文吸引了人們的目光。文章內容如下：

「我們去了九岩許勉里那個聚集了很多廢棄工廠的地方啊。但是才剛到工廠門口，警察就突然冒出來叫住我們，然後就說不能進去，叫我們立刻離開什麼的，所以我們就回來了。那邊就是保存李英煥技術的地方吧？」〔照片來源：LMT論壇留言板〕

警方正在看守位於九岩市許勉里的廢棄工廠園區，該團體懷疑，此處正是李英煥的醫療技術的所在地。

警方表示，目前完全找不到李英煥的醫療技術，禁止民眾進入許勉里工廠園區是為了保護案發現場，同時呼籲民眾停止搜尋李英煥醫療技術的行為。

〔九岩經濟〕Up & Down guswo255@dhwjs.co.kr

第三章

會心的誤答

죽음의 꽃

一審以死刑判決告終，沉重的月亮高升，夜晚降臨。朴在俊律師坐在看守所律師接見室桌前，閉著眼睛，整理複雜的情緒。攤在桌上的筆記型電腦，只顯示著一個什麼都沒寫的空白視窗。當然，李英煥也坐在他對面。他把頭靠在桌子上，雙臂垂放在雙腿之間，靜靜地看著朴在俊律師。

「朴律師，別擔心。我有個保證能離開這裡的最後殺手鐧。但是，如果我能用那招離開這裡，就不會聘請律師了。對吧？」

李英煥說話時還嘻嘻哈哈地笑著，彷彿是在挖苦他。朴在俊律師聽完他的話之後，緩緩睜開了眼睛，瞳孔中滿是怒氣。他並沒有問李英煥所謂的最後殺手鐧是什麼。李英煥說這個，擺明就是想試探自己。反正，就算他真有這個最後的殺手鐧，也不可能會說出口。李英煥看對方睜開了眼睛，馬上就抬起靠在桌上的頭，撐起了下巴。

「朴律師，談談你的計畫嘛。你應該要讓我無罪釋放吧？至少也要想辦法讓總統赦免我啊。比起快要被處死的我，現在急的可是你。我死了也沒差，但你得救活女兒吧。」

李英煥刻意提起朴在俊律師的女兒，戳到了他的痛處。朴在俊律師的氣息顫抖著。自從李英煥說自己殺了約一百八十人的那一刻起，他就知道死刑是免不了的。再加上李英煥在今天的一審中被判處了死刑，要無罪釋放是完全不可能的。然而，李英煥只要被判刑就會死，這是個找不到答案的問題。但是，又不能就此放棄，眼睜睜看著女兒去死。朴在俊律師已經快發瘋了。

「李英煥先生，我們立刻改變計畫吧。無罪釋放是不可能的。你已經認罪了，我要怎麼讓你無罪呢？我們必須先躲過死刑……」

朴在俊律師咳聲嘆氣地對李英煥說道。

「你不是說我可以無罪釋放嘛。不行的話就盡快退出吧。」

李英煥搖著頭說道。

「等一下，你都已經承認了所有罪行，怎麼可能獲判無罪？你必須與現實妥協。先躲過死刑，再想想其他辦法吧。我會幫到底的。」

「我都懂。你說的我都懂。但是你覺得我躲得過死刑嗎？事到如今，就算我推翻之前所有供詞，用『不記得了』、『喝醉酒了』這種理由來搪塞，現在所有確切證據都已指明我是凶手了，你還覺得我能躲過死刑嗎？是我殺了那兩百二十三個人哪。還是因為一旦我死了，你的女兒也會死呢？讓我無罪釋放或是被赦免吧。一旦成功，我就救你女兒。」

一聽到自己的女兒會死，朴在俊律師就不再說話了。

憤怒的情緒湧上心頭。他非常火大，因為李英煥說得沒錯。但他還是咬著牙，壓抑住心頭的憤怒。

「我不是說過了嘛，我一旦進監獄就會死。反正，被判死刑，我就去死。人類拒絕從痛苦中被解救出來，我就沒有存在的意義了。」

李英煥放鬆了嚴肅的眼神，再次笑著說道。

「李英煥先生，那我……」

「少說屁話了，照我說的做就好。」

李英煥直接打斷了朴在俊律師。朴在俊律師的嘴脣顫抖個不停。他用手抹了抹臉，吐了口長氣，滾滾的怒火已經快蒙蔽他的雙眼。他幾乎要一拳打在李英煥的臉上。

「那麼，李英煥先生，我也有個問題要問你。你真的認為自己能夠以這麼奇怪的主張，在法庭上獲判無罪嗎？」

「出去，做不到就不要那麼貪心，請你出去。我直接去死就好。我再說一次，現在急的不是我，而是你吧？不要想用這種問題來壓我。照我說的做，不然就他媽的快給我出去！」

李英煥面露嚴肅的神色；朴在俊律師則一句話也說不出來。他這才意識到，自己因為想到女兒的事，已經開始用過度情緒化的態度在跟李英煥說話。

李英煥花大錢請朴在俊律師，並不是因為他是個厲害的大律師。朴在俊律師，他曾在李英煥面前下跪，苦苦哀求對方委託自己辯護。現在，覬覦李英煥的辯護律師位置的人多不勝數。朴在俊律師這個人，充其量只是李英煥覺得沒用時，就能淘汰掉的機器零件。

「朴律師，現在一審已經結束了。進入二審之後，就算如你所說，我能勉強逃過死刑，進入監獄好了。接下來，就算你發明了什麼了不起的方法，我至少也要花好幾年的時間才能離開監獄。你覺得你女兒能活到那時候嗎？我不確定你知不知道，她已經沒幾個月了。依我看，最多撐不過一百天。」

李英煥的一席話打醒了朴在俊律師。

他再次體認到自己的處境與身分。但是，他沒有自信能讓李英煥無罪釋放。即便如此，他還是無法放棄女兒。她已經沒有多少時間了。

他的腦袋與心靈，雜亂無章地糾結著。

「那……請給我一點時間。我會想出一個讓你滿意的計畫。」

朴在俊律師用五味雜陳的表情，向李英煥懇求著。他無法放棄這再次燃起的希望。

「隨便你。」

李英煥給了他最後一次機會。但他的笑容，卻隨著失望而消失了。

朴在俊律師獲得了最後的機會後，便離開看守所，驅車離去。

李英煥對他非常失望。黏稠的怨氣緊緊附著在喉頭，讓人喘不過氣來。他發出了充滿鬱悶與憤怒的吼聲。他吼個不停，似乎一點也不在意喊破嗓子。壓抑已久的憤怒不斷地湧上心頭，手掌用力地緊抓著方向盤。這次，他的吼聲中還夾雜著辱罵。

朴在俊律師將車停在九岩市市區一家小旅館的停車場。他住在首爾，只能在九岩找個旅館房間住下來。房間裡有一張白色大床，床前的牆上掛著一臺電視機。房間的角落裡，則有張玻璃圓桌、兩把木製椅子，以及一個小冰箱。

他進入自己的房間後，便先將電視打開，並進入洗手間。電視螢幕上，是崔姓政治人物的畫面。這位崔姓政治人物，是強烈主張李英煥是騙子的人之一。正是他對那些走上街頭，要求赦免李英煥的身心障礙者提出指控，並公開指責這些人是被希望蒙蔽雙眼，破壞韓國法律和道德的輪椅部隊。

「李英煥現在說的話都是完全沒有根據的！韓國每個知名的大學醫院都會有癌症研究中心啊。那裡的聰明人坐在裡面研究癌症一百天，都找不到完美的癌症治療方式了，他既不是專科醫師，也不是全科醫師，只是個從醫學院休學的二十多歲年輕人，怎麼可能治得好癌症，甚至是治百病？用常理思考看看吧。怎麼可能呢？各位覺得用一支手術刀就能治好癌症嗎？」

出席談話節目的崔姓政治人物正高談闊論著。

朴在俊律師如廁完畢後走出浴室，邊甩著手上的水，邊看著電視。崔姓政治人物的發言聽起來相當刺耳，但他選擇先忽略那個談話節目，坐在桌前的椅子上，閉上雙眼。接著，開始慢慢地集中精神。

他絕對不可能讓李英煥無罪釋放。所以，他必須想出另一種方法。朴在俊律師再度回想起自己在看守所裡過度情緒化的行為。他試著拋開這些無用的情緒。律師工作時必須控管情緒，冷靜思考。但是，他沒能成功集中精神，又大吼了一聲。他根本想不到把李英煥從法庭裡弄出來的方法。即便如此，他還是不能像個廢物一樣，放棄拯救女兒的唯一機會。怨氣再次勒緊了他的喉嚨。然後，他突然想起了在一審法庭上見到的張東勳檢察官。

朴在俊律師認識張東勳檢察官。雖然兩人不是特別熟，也不會私下見面，但是對方在法律界可是個赫赫有名的人物。有件趣事可以解釋他的惡名。一年前，某富三代在九岩市酒後駕車，撞死三人後逃逸，據傳張東勳檢察官就是本案的檢察官。這位富三代的父親為了躲避張東勳檢察官，給了九岩檢察廳一大筆錢，卻搞得事蹟敗露。此外，張東勳檢察官與韓國政壇頗具影響力的白議員交情很深，根本沒把背景放在眼裡。目前社會氛圍的動盪，他當然也是明白的。朴在俊律師很確定對方會竭盡全力求處李英煥死刑。畢竟張東勳檢察官就是這樣的人。

朴在俊律師搖搖頭，將張東勳檢察官趕出自己的腦海。他換了個適合的姿勢坐好，再次閉上眼睛。但即便是放慢呼吸，放鬆身體，卻還是無法專心。不管怎麼想，把李英煥弄出法庭的方法都沒有任何頭緒。還是特赦？韓國總統不可能去赦免一個在人體實驗中殺死兩百二十三人的罪犯。連粗糙的獨立電影都不會使用這種設定。但是，如果他是個能治百病的人呢？他差點就要想出一個驚天動地的計畫，但靈感一瞬間就消散在空氣中。他嘆了口氣，從椅子上起身走向床鋪。他坐在床沿，看著打開的電視，試著讓自己冷靜。談話節目持續進行中，畫面一拍到崔姓政治人物，朴在俊律師就轉臺了。其他頻道正在播放新聞節目。新聞畫面上是李英煥一審時，法院周邊的狀況，以及播報的記者。

那些想殺死李英煥的人，進入了朴在俊律師的視線。否定且憎恨李英煥的人，比想像中多得多。

「為什麼要殺李英煥……就不能睜一隻眼閉一隻眼嗎？救救我的女兒吧……」

他嘆著氣，垂下了頭。

當然，他們進行示威，並不是導致李英煥被判處死刑的原因。所以，就算少了他們，李英煥也不會因此而逃過死刑。但是，朴在俊律師還是不喜歡他們。

他無法理解。這些人一樣會生病。人都會隨著時間的流逝而受傷、患病的。這不是詛咒，而是一個無法抵抗的殘酷現實。他們日後躺在床上迎接死亡時，想必會呼喊李英煥的名字。

下一則消息也令朴在俊律師無法理解。他從床上站起身，走向冰箱。小冰箱中有兩瓶五百毫升的水。朴在俊律師拿出一瓶水，打開蓋子大口地灌，就像是喉嚨裡著了火一樣。

他心急如焚。時間是不會停止的。他的女兒仍然在慢慢走向死亡。

他坐在椅子上，把喝到一半的水瓶放在桌上，再次思索著將李英煥弄出來的方法。但是，他沒有答案，這是不可能的。

「媽的！」

朴在俊律師飆起了髒話。他一點辦法也沒有。再這樣下去，女兒會死的。他心想，真希望李英煥不曾出現在這個世界上。那麼，他會平靜地送女兒離開，而不是懷抱著再次救活女兒的一線希望。

朴在俊律師把頭搔到快出血了。他好想把附著在自己身上的怨氣通通撕下來。按捺不住的憤怒充斥在腦海中。

「贊成李英煥判死的國民請願已有超過四百七十萬人參與，但政府依然沒有任何回應，針對政府逃避回應的行為，民眾已有了批判的聲音。針對此案，政府終於在今天正式回應。現在就讓我們來看看。」

聽了主播的話，朴在俊律師轉過頭，緊盯著電視不放。

已經有超過千萬人參與了「要救李英煥？還是要殺李英煥？」的國民請願。但政府卻拖到現在才正式回應這則請願。

「我們會盡量考慮民眾的意見，以最理想的方案處理。」

這短短一句話，就是千萬人期盼已久的政府正式回應。太模稜兩可了。政府沒有說會赦免李英煥的罪，但也沒有表示會予以嚴厲制裁。關於拯救李英煥的解方，有一絲頭緒掠過了朴在俊律師的手背。

在人體實驗中殺死兩百二十三人的殺人魔，理當受到法律的嚴厲制裁。然而，政府並沒有明確表示要制裁李英煥。也就是說，政府想救李英煥，獲取他的醫療技術。

「下一則新聞。法國的大型罷工……」

李英煥的相關新聞已經結束了。朴在俊律師回到床上，將電視轉到了其他頻道。先前播放的談話節目還沒有結束，崔姓政治人物仍在高談闊論。

「對，沒錯！李英煥治癒了十個人，對吧？但是，有人看到嗎？有人親眼看到嗎？沒有影片，也沒有照片。我的意思是，沒有證據啊！大家是憑什麼去相信他的？那些人過去的診斷書或就診紀錄，跟李英煥治百病的能力有什麼關係？光靠這些就足以證明李英煥能治百病嗎？」

崔姓政治人物說得對，沒有人真的看過李英煥動手術。在公廁接受李英煥手術的兩人，當時已經處在麻醉狀態，沒有親眼目睹手術過程。其餘八人也是一起接受李英煥的麻醉，同時進行手術的，並沒有人親眼目睹他的手術過程。

崔姓政治人物的話深深烙印在朴在俊律師的腦海中。緊緊堵在心頭的煩悶煙消雲散，解方的頭緒已在掌握之中。他再次閉上眼睛，開始集中注意力。

漸漸地，他聽不到周圍的任何聲音，也感覺不到任何東西，很快就進入了極度專注的狀態。身體變得更輕盈，周圍也安靜到能聽見自己的心跳。呼吸變得更輕，更平靜。腦海中的想法化為一個句子，出現在眼前。

政府想救李英煥，獲取他的醫療技術。但是，他們為什麼沒有說要赦免他的罪呢？

沒有確切的證據指出李英煥能治百病；也沒有確切的證據指出這並非事實。從某個角度看，李英煥的醫療技術是存在的；從另一個角度看，李英煥則是個騙子。倘若李英煥的醫療技術是真實的，那麼他顯然是人類所需要的存在。就像他說的，他是能拯救人類的人。但是，目前還無法驗證李英煥的醫療技術。接受過李英煥手術的十人？不，正如崔姓政治人物所言，沒有人證，沒有影片，沒有照片。也就是說，造假的空間相當大。

政府對李英煥沒有信心。

萬一總統赦免了李英煥，對國內外都會產生巨大影響。要是得到赦免的李英煥是個騙子怎麼辦？韓國政府和總統都承擔不起這個選擇所帶來的反效果。整個國家都將天翻地覆。尤其是先前確定重新執行死刑後，韓國與歐盟間貿易往來險些斷絕。若是在這種狀況下赦免了李英煥，卻發現對方是個騙子，不僅與歐盟間的貿易往來將化為泡影，同時還會在國際關係上蒙受諸多損失。但是，如果李英煥的醫療技術是真的，憑藉它所帶來的巨大國家利益，要承擔這一切綽綽有餘。

只要讓政府對李英煥有信心，就能把李英煥救出來。

朴在俊律師從極度專注的狀態下回過神來，睜開眼睛。一個完美的計畫已然成型。這是最好的計畫，也是最後的計畫。

第二天天一亮，朴在俊律師便前往看守所。李英煥打著滿滿睡意的呵欠走進律師接見室。雖然是清晨，但朴在俊律師已穿上俐落的卡其色西裝，頭髮也梳得十分整齊。李英煥一坐下，他就從公事包裡拿出兩張紙放在對方面前。分別是針對「李英煥判死與否」的國民請願內容，和政府的回應等兩份影本。李英煥隨手擦去因呵欠而流出的淚水後，拿起了其中一張。

「這是什麼？」

朴在俊律師沒有說話，只是用手勢示意對方閱讀手中的影本。李英煥草草看過手中的影本後，立刻放在桌上，接著又拿起另一份影本讀了起來。他現在拿的，是贊成判死的國民請願內容影本。李英煥讀得十分用心，和讀第一份影本的態度完全不同。他的瞳孔沿著每一行，閱讀著上頭的文字。

「嗯……我從新聞上已經大概知道這些內容了。不過，你為什麼要拿給我看呢？」

朴在俊律師拿起李英煥放在桌上的「反對死刑」國民請願內容影本。

「李英煥先生，請願的內容沒那麼重要。請看回應的部分。政府的回應很含糊，對吧？」

李英煥將手中的影本扔在桌上，用眼神詢問朴在俊律師：「然後呢？」朴在俊律師從李英煥的眼神中看出，對方對自己沒有任何期望。

一直壓抑的緊張感緩緩蔓延到頸部，手也開始顫抖。朴在俊切身感受到，這是他留任李英煥辯護律師的最後機會。他雙手用力握拳，掩飾著顫抖的雙手。

「我昨天一整天都在思考，政府為什麼會給出這樣的回應。」

「講重點。」

李英煥用尖銳的言辭刺激著朴在俊律師，但一切都在意料之中。他沉著地舒緩著緊張情緒，沒有驚慌失措。蔓延至頸部的緊張感緩緩消退，雙手也停止顫抖，緊握的拳頭很快便鬆開了。

「我認為，韓國政府是想救你的。你能治百病，當然要讓你活下來啊。政府想救你，又無法給出明確的答覆，這是為什麼？因為他們不相信你啊。李英煥先生，你現在可能會覺得不太舒服，但是，從第三者的角度來看，根本無法確定你是真是假。」

「所以我才救了十個人啊⋯⋯」

李英煥嘆了口氣，沒再說下去。朴在俊律師豎起食指，用凶狠的眼神瞪著李英煥，示意對方不要插嘴。一陣短暫的沉默後，李英煥閉上了欲言又止的嘴。朴在俊律師隨即將手放下，繼續說了下去。

「除了你本人以外，沒有人親眼看過你動手術。沒有人證，沒有影片，沒有照片。大家只看到結果，沒看到準備狀況與手術過程。以客觀角度來看，你的醫療技術更有可能是造假。但是，政府並沒有說要將你判刑。這是因為目前也沒有證據能證明你在說謊。那麼，只要你讓政府相信你真的可以治百病，政府就會救你。而你將會得到赦免。」

聽完朴在俊律師這一席話，李英煥挑起一側眉毛，看似是多少接受了對方的說法。朴在俊律師看穿了李英煥的表情，言談之間也開始變得從容。

「首先，要讓他們相信你很簡單。只要親自動手術治好病人就可以了。接下來，就是讓政府承認這場手術，事前準備、手術過程、結果三者之中，只須公開事前準備與結果。也就是說，我們不會公開你進行手術的畫面。如果一個病人進入手術室後，能健健康康地出來，你的能力就得到認可了。不公開進行手術的畫面，想必會有人不相信。但是，只要政府認可我們就好。一旦政府相信了你的醫療技術，你就算想死也死不了。」

聽了這番話，李英煥雙手抱胸，開始陷入沉思。朴在俊律師的呼吸越來越急促。萬一李英煥對這個計畫不滿意，他的女兒就會死。

「你的意思是，你沒辦法讓我無罪釋放？」

「是的。」

朴在俊律師答得自信，但李英煥方才的問題，差點讓他心跳停止。總覺得談話不能斷在這裡。那未知的不安，促使他使出了最後的殺手鐧。

「如果你不滿意我的計畫，大可另請高明。但是，即便你找來一卡車韓國最好的……不，世界最好的律師，他們也絕對不可能讓你無罪釋放。別說是無罪了，就連死刑也躲不了。這點我很確定。」

李英煥笑了出來。他馬上就察覺這是朴在俊律師因為不安而使出的殺手鐧。

朴在俊律師目不轉睛地看著李英煥，沒有逃避對方的眼神。但是，他總覺得自己的靈魂都被李英煥的眼睛吸了進去。他在心中哀切地呼喊著全世界所有神祇的名字，心臟狂跳不止。朴在俊律師已經走投無路了，李英煥必須滿意自己的計畫才行。

「好！那我問你幾個問題。最重要的手術，你打算怎麼安排？」

「我明天會召開記者會，要求政府為你安排手術。但是，就算政府核准你的手術，正式的手術許可也必須由法官在二審中核發。所以，我會在二審中再次要求手術。」

「萬一他們不核准我的手術呢？」

「那你就只能去死了。」

朴在俊律師再次豎起了食指。

「如果沒辦法動手術，你就只有死路一條。政府不允許你動手術，就意味著政府不相信你。就算他們相信你，也不想救你。直接上法庭，是沒辦法躲過死刑的。到時候，連你那個最後的殺手鐧都派不上用場。這就是我們必須用恐嚇的方式強勢逼迫政府的原因。」

李英煥把嘴脣噘得高高地，似乎是有什麼地方不滿意。朴在俊律師表面上自信滿滿，內心的焦慮和緊張卻翻騰不已。

李英煥的回答每延遲一秒，都讓他呼吸困難，彷彿墜入了深海。他已經做了所有他能做的，現在就取決於李英煥的選擇了。祈禱。不斷祈禱。如果這世界有神……

李英煥放下噘起的嘴脣，大聲鼓掌。

「自從我把第一個人放到手術臺上的那刻起，我就做好了赴死的準備。就像我之前說的，我並不怕死。那就按照你的計畫行動吧，感覺滿有意思的。」

朴在俊律師的身體瞬間虛脫，一度遺忘的沉重倦意全湧了上來。籠罩全身的焦慮和緊張，一下子全都消失無蹤了。此時，李英煥發出了彈指聲，要朴在俊律師專心聽自己說話。

「把我現在說的話寫下來。」

九岩最高大樓的一樓大廳中，朴在俊律師的記者會講臺已準備就緒。大批記者擠滿了大樓大廳，以講臺為中心圍成扇形，大廳角落則有警察駐守。大樓入口目前由警察管制，周圍一有人聚集，就會遭到驅離。這是由於示威活動的緣故。這陣子，李英煥的相關示威團體規模大幅增長，示威的強度也愈發猛烈。三天前，贊成和反對李英煥死刑的示威團體發生衝突，在市中心引起了騷動。就像是幫派分子為了爭地盤而鬥毆一樣。令人驚訝的是，當天引起騷動的兩個示威團體中，沒有一個人是病患與李英煥案的被害者家屬。

宣布記者會開始的十分鐘後，朴在俊律師終於拿著腳本出現在大廳。他走上講臺，清了清喉嚨。大廳裡的每一位記者都像是被磁鐵吸引一般，魯莽地往講臺周邊擠。無數隻舉著錄音筆和手機的手臂彼此糾纏著，就像是地獄中渴望著救贖的亡靈。

朴在俊律師望著空中，在腦海裡重新整理自己的想法。眼前是女兒微笑的臉，他的心像森林中的湖泊一樣平靜。深吸一口氣後，他低頭面對鏡頭，開始了今天的記者會。

「大家好。我召開這次記者會，是由於李英煥先生對政府有所要求。在提出這個要求之前，我先向各位報告李英煥先生目前能夠治癒的所有疾病。包括發自身體所有部位的癌症、所有身體障礙、所有遺傳性疾病、所有退化性疾病、所有性病……」

「目前醫學界已知的所有疾病名稱數量太多，無法一一列舉，這次便整理出重點報告，讓一般民眾容易理解。其中包括了一般人一生中通常會得一次的疾病、發病率隨著年齡的增長而提高的疾病、治療費用極高的疾病、必須進行成功率極低之手術的疾病、尚未發現治療方式的疾病，甚至還有連發病原因都無人知曉的疾病。所有器官移植、身體接合手術等，都能像縫製絨毛玩具一樣，用簡單的方式重新連接。停止生長的身體得以再次生長。變性也只需一次手術即可完成。手術後不需服用荷爾蒙調節藥物。他表示，這一切都能透過一個三十分鐘至一小時的簡單手術來實現。」

「只要我們能使用李英煥先生的所有醫療技術，罹患癌症等所有重症的患者都可以當天治療，當天手術，當天出院。正為疾病和殘疾所苦的人，從第二天開始便能健健康康地生活下去。李英煥先生並不希望貧窮的民眾因無法接受治療而死亡。所以，我們將提供幾乎免費的治療費用，讓貧窮的民眾得以輕鬆接受治療。現在，人類已經能夠擺脫疾病和殘疾了。」

朴在俊律師堅定的聲音迴盪在大廳裡。說完後，他再次抬頭望向空中。已經無路可退了。就算有人要罵他，詛咒他一輩子，也無所謂。他會虛心接受這一切，無怨無悔。每個家中有孩子患病的父親，都會做出和他一樣的選擇。

他懷著更加堅定的心情，繼續說了下去。

「但是，目前並沒有李英煥先生醫療技術的相關實證。因此，我要求韓國政府在國家認證的場合中，讓李英煥先生親自為病患進行手術，以證明他的醫療技術。對此，李英煥先生的條件如下：

第一，由韓國民眾、其他國家，以及各官方組織認可的政府機構對本人（李英煥）的手術進行認證。

第二，除了本人進行手術的畫面以外，從事前準備過程到手術完成後的病患檢查結果，全程直播，中途不間斷。

第三，本人進行手術的手術室內不得出現任何錄影或錄音設備。

第四，手術對象由政府隨機選定，男女比例相同。

第五，手術室、所需的手術工具與醫療器具由認證本人手術的政府機構免費提供。

第六，若手術成功，政府需赦免本人的罪行。本人得到赦免後會立即公開手術中所使用的醫療技術，每年優先在韓國公開最新醫療技術。

第七、若二審前不提供手術機會，本人將自行結束生命。

上述條件與先前所公布的條件有關，記者會到此結束，不接受提問。」

朴在俊律師說完，對鏡頭鞠躬致意後，便立即走下講臺。

記者爆發了質疑的聲音。攝影機與錄音機散落一地。警察大聲呼喊著。現場只要有一個人跌倒，就很有可能會被踩死，就像是發生了災難一樣。相機快門的聲音此起彼落，彷彿抵禦敵軍的機關槍聲。朴在俊律師半走半跑地進入大樓，隨即消失無蹤。

張東勳檢察官和同事此時正在檢察廳前的韓國餐廳裡。他們今天的午餐是烤魚套餐。兩位檢察官點的烤魚就擺在桌上，還冒著裊裊的熱氣，但他們兩人對桌上的食物都不感興趣。其他幾桌也是一樣，桌上擺滿了食物，卻沒人在用餐。連廚房裡的阿姨也走了出來。這家餐廳裡的所有人都像是被催眠了一樣，直盯著電視看。

「大家好。我召開這次記者會，是由於李英煥先生對政府有所要求。」

張東勳檢察官用他那銳利得像是要穿透電視畫面的目光，專注地看著剛開始的記者會。

餐廳裡坐滿了人，一個空位都沒有，此時卻鴉雀無聲。連個拿湯匙吃飯的人都沒有。只有一個坐在窗邊的孩子，獨自拿著湯匙吃飯。

「只要我們能使用李英煥先生的所有醫療技術，罹患癌症等所有重症的患者都可以當天治療，當天手術，當天出院。正為疾病和殘疾所苦的人，

從第二天開始便能健健康康地活下去。〕

如果李英煥回歸社會，天堂或烏托邦般的世界便會成為現實。令人驚訝的是，這並不是在解釋電影或小說中的世界觀。每一句話，都是無一絲虛假的真實。

從廚房走出來看電視的餐廳阿姨強忍著淚水。她全身的關節無一處不疼，由於高血壓的緣故，一生都必須依賴藥物。但是，如果李英煥被釋放，公開了醫療技術，她便能夠健健康康地活下去，不再有任何病痛。

〔第七、若二審前不提供手術機會，本人將自行結束生命。上述條件與先前所公布的條件有關……〕

「神經病……」

記者會一結束，張東勳檢察官便自顧自咒罵了起來。這時候，人們的目光才從電視上移開，開始用餐。餐廳裡充滿人們的交談聲，餐廳阿姨也進入了廚房。這個地方又變回了普通的餐廳。為了看電視而別過身的同事，重新轉向餐桌，和張東勳檢察官一起吃飯。

記者會結束後，電視開始播放新聞。這則新聞與李英煥一點關係都沒有，內容是青少年保護區內發生的交通意外。從附近工地開出來的傾卸卡車撞倒了騎自行車的小學生，但餐廳裡卻沒有一個人關心這則消息。就連張東勳檢察官也只顧著用餐，沒多留意。

每一桌，都傳出了談論李英煥的聲音。有人說要救李英煥，也有人說要殺李英煥，但張東勳檢察官只聽得見「要救李英煥」的聲音。他皺著眉頭，向同事問道。

「炳鍾，你覺得李英煥會動手術嗎？」

同事吸光了湯匙裡的湯後，用湯匙指著張東勳檢察官。

「喂，你怎麼能戴著檢察官徽章說這種話咧？等之後喝酒的時候再聊。先吃飯吧。」

同事用耳語般的音量低聲說著。

張東勳檢察官環顧著四周。大家看似都對在場的兩位檢察官毫無興趣，但聽同事這麼一說，他便隱隱覺得有人在監視著自己。

最近，贊成與反對李英煥死刑的兩個聯盟開始暗地裡調查著彼此。只要能對對方造成任何一點點的負面影響，他們都會爆料給媒體。因此，暗中調查張東勳檢察官的人，很有可能就躲在這裡。只要張東勳檢察官或同事在這種人多的地方，發表了任何一句與李英煥相關的不當言論，就會因為不光彩的理由而登上媒體版面。張東勳檢察官認同同事方才所說的話，不發一語地吃著飯。

張東勳檢察官和同事吃完午餐後，獨自抽著菸。第一次見到李英煥後，他每天都在想：「為什麼人們會想救李英煥呢？」這個問題的答案背後，有各式各樣複雜的理由。家人病死，自己飽受殘疾之苦，還有人可能會在未來患病。這都是命。在這個時代裡，醫療技術已有大幅進步，但仍有不計其數的疾病無法治癒。人類還沒能戰勝疾病和殘疾，李英煥便以一己之力征服了它們。人類需要他的醫術。他能夠理解那些認為應該要救李英煥的人，只是心裡還燃燒著「為了那些因人體實驗而失去親人的被害者家屬，必須殺死李英煥」的那種勇士使命感罷了。

張東勳檢察官又抽了一支菸，抽完才走進自己的辦公室。一進門，就看到辦公桌上放著一大疊信件。而辦公桌周圍，則有個由大大小小的包裹堆成的金字塔。看著堆積如山的信件和包裹，他搔了搔眉毛，一陣疲憊感突然襲來。

一審結束後，張東勳檢察官的真實身分被爆了出來。他的電話號碼、住址、甚至是在九岩檢察廳所使用的辦公室，都已經曝光了。此後，每天都有大量信件與包裹寄到他的辦公室。張東勳檢察官的工作量已經夠大了，卻還得處理這些毫無意義的事情，壓力不是普通的大。他坐在椅子上，拆開了那堆滿辦公桌的信件中，最醒目的藍色信封。

「敬愛的朴檢察官，我兒子兩歲便罹患了癌症……」

他連第一句都沒讀完，就把信給放下了。

接著，他拆開了下一封信。

「我的母親……」

他將信紙折起來，扔到一旁，拆開了下一封信。

「我打從出生就聽不見……」

這次他把信紙揉成一團，扔到了一旁。

張東勳檢察官沒有再繼續拆信。他站起身，拿起了辦公室一角的大型空紙箱。這個紙箱，是他前一天為了把所有信件一次扔掉而準備的。他疲倦地嘆了口氣，把桌上所有信件撥進箱子裡。昨晚，有人打電話給他，說多少錢都願意付，要他想辦法把李英煥弄出來，讓他十分困擾。當然，這種電話他也不是第一次接了。此時，事務官走了進來，蹲在裝滿信件的箱子旁，拆了一封張東勳檢察官沒開過的信件來讀。

「張檢察官，這些都跟昨天一樣直接丟掉嗎？」

「我待會自己拿去丟。」

張東勳檢察官頭疼得半坐臥在椅子上，他隨便丟了句話，似乎連回答的力氣都沒有。

「事務官，他們幹麼找我麻煩啊？有事去找法官啊……」

事務官將讀到一半的信件扔進箱子裡，還堆了幾個包裹在上頭。

「這個嘛……你是檢察官沒錯吧？他們會這麼做，不正是因為你的角色十分重要嗎？那些患者現在是無法分辨是非的，他們會竭盡所能地爭取。連你的狀況都這麼嚴重，更何況是法官呢？」

事務官語帶調侃地說完後，便拿起箱子，將信件與包裹搬出辦公室。

「我不是說我自己丟就好嘛……」

那些人寄信件與包裹來的心情，他並不是不能理解。相反地，他很感同身受。雖然狀況不同，但是小時候的他，也曾迫切地需要他人的協助。如果當時有人能替他殺掉殺害自己父母的凶手，他一定會不擇手段地找到對方。即便如此，目前的狀況還是很令他煩躁。

張東勳檢察官抬起了半坐臥在椅子上的身體。清空信件後的辦公桌被案件資料所覆蓋。相較之下，放了信件的桌子看起來還比較清爽。疲憊感加倍襲來。他頭痛欲裂，又躺回了椅子上。

張東勳檢察官潛心工作了好一陣子後，看了看手腕上的錶。剛過下午六點。大量文件胡亂交疊在桌上，就像是剛被颱風掃過一樣。他隨手把文件堆好，讓它們看起來整齊些，接著便離開了辦公室。反正辦公桌明天還是會變亂的。

檢察廳大樓門口，同事正邊滑手機邊等著張東勳檢察官。張東勳檢察官匆忙地走出大樓，拍了拍正在看手機的同事後，便往吸菸區走去。同事邊抱怨著他遲到的事，邊和他一起走向吸菸區。

兩位檢察官在吸菸區聊了很多。此時最重要的話題，就是決定晚上喝酒要配什麼吃。張東勳檢察官雖然被李英煥案搞得很忙，但喝酒的空檔還是有的。再說，有人要請客，是不能拒絕的。正當他們選好晚餐菜色，在你來我往的玩笑話中抽掉半支菸時，一位中年女子牽著一個看似是女兒的小女孩朝兩人走去。

小女孩穿了很多層衣服，卻還是顯得骨瘦如柴。她頭上戴著毛帽，皮膚白得沒有血色。一眼就能看出小女孩生病了。

女孩的母親慢慢朝張東勳檢察官走近。她手中拿著一個印有昂貴名牌標誌的紙袋。隨便看一眼就知道，母親身上的衣服全都是高級貨。這意味著她有一定程度的財力。

同事用同情的眼光看了母親和小女孩一眼後，便倒退了一步。

一審結束後，來拜訪張東勳檢察官的人可不只一兩個。上次還有一位坐在輪椅上的男子，在檢察廳門口等著張東勳檢察官來上班。當然，對方並沒有聽到什麼好消息。

張東勳檢察官深吸了一口氣，抬頭向天空吐出煙霧。接著，他把手往前伸，示意對方不要繼續靠近自己。白色的香菸煙霧在掛著夕陽的天空中輕輕地蔓延開來。

「太太，您請回吧。」

「唉呀，檢察官，別拒人於千里之外嘛，能抽空跟我談談嗎？」

「別找我，去找法官。」

接著，他指了指少女母親手中的名牌紙袋。

「還有，要是做這種事情被抓到，我們就要一起去坐牢了。您快請回吧。」

張東勳檢察官說著，便抽完了手中的菸。他把抽剩的菸頭扔進了菸灰缸。那個小女孩獨自站在離吸菸區有一段距離的地方。張東勳檢察官不經意地與站在遠處的女孩眼神交會。女孩淘氣地對他露齒一笑。她的笑容映入了他的眼簾。

「檢察官，我不是那個意思……」

女孩的母親並沒有放棄，她掛著矯揉造作的笑容，緊跟著張東勳檢察官。他在西裝外套口袋裡翻找著，並沒有在聽對方說話。接著，他從口袋裡掏出一張照片，展示給女孩的母親看。由於照片逆著夕陽的光線，難以看清，女孩母親只能皺著眉頭往照片湊近。那是李英煥案中一位年幼受害人的照片。女孩母親看清照片後，尖叫著別過頭去。

「每個人來找我，我都會給對方看這張照片，照片裡是個三歲的男孩。

如果您的女兒是這樣離世的，您一定很想把李英煥碎屍萬段吧？這孩子的父親想必是真心想殺了李英煥。所以，我想助他一臂之力。這個忙當然應該由檢察官來幫啊，其他人幫得上什麼忙呢？」

張東勳檢察官一邊用冷靜到近乎冷酷的語氣對女孩的母親說著，一邊將照片收回胸前的口袋。

少女的母親迅速往後退，嘴裡不斷發出尖叫聲。張東勳檢察官則掏出了一根新的香菸，叼在嘴裡，向空中揮了揮手，示意對方盡快離開。此時，他又不經意地看見了小女孩。她蹲了下來，好奇地用指尖撫摸著地板上的磚頭，對母親淒厲的尖叫聲並沒有任何反應。接著，母親小心翼翼地牽起蹲在地上撫摸磚頭的女孩，帶著她走出了檢察廳。母親雖然急著離開，卻還是配合著女孩緩慢的步伐。幸好女孩的母親不如想像中那麼執著於糾纏張東勳檢察官。

「又是那張照片啊？你應該還有另一張吧，你有把女生長東西的那張給她看嗎？」

躲在後方的同事走上前，用手掌推著張東勳檢察官的後背說道。

「這是另外一張。」

張東勳檢察官點起了菸，看著小女孩走進夕陽裡。顯然，那個小女孩病得很重。她要不就是因不敵病魔而離世；要不就是在痛苦中活下去。雖然不知道她的病名，但李英煥可以把她治好。李英煥是那孩子最後的希望。小女孩知道，唯一能拯救他的，只有那個殺死兩百二十三人的殺人魔嗎？

李英煥這個人，真的該活下去嗎？

這個問句像香菸的煙霧一樣，縈繞在張東勳檢察官的腦海中。但這並不代表他內心有什麼情緒。他只是想再抽一根菸而已。

張東勳檢察官和同事兩人又抽了一根菸後，才抵達高級牛肉餐廳。打開門，迎接他們的是刻著「韓牛」二字的金色黃牛銅像。這間餐廳裝潢成高級木造韓屋，讓人有種乘坐時光機穿越到朝鮮時代的感覺。

「歡迎光臨，請問訂位大名。」

櫃檯的服務生客氣且開朗地向進入餐廳的兩位檢察官打招呼。

這家店只接預約客，是九岩市最高級的牛肉餐廳。張東勳檢察官還沒富有到能來這種地方。他沒有富裕的家庭，檢察官也並不是個高薪的職業。不過，能來這麼高級的餐廳用餐，是因為他有個有錢的同事。不知道為什麼，這位同事真的很喜歡張東勳檢察官，偶爾還會帶他去高級餐廳，請他吃飯喝酒。

兩位檢察官在餐廳服務生的帶領下走上二樓，走進了服務生為兩人打開的房間。這間房間相當漂亮，中間是暗紅色的木製餐桌，牆上則綻放著粉紅色的櫻花。兩人脫下西裝外套，掛在牆上的衣架之後，便在餐桌旁坐了下來。

「你覺得政府會讓李英煥動手術嗎？」

張東勳檢察官提出了他一直惦記在心的問題。

「我哪知道，白議員那邊有消息嗎？」

同事掏出自己的進口車鑰匙和手機放在桌上；張東勳檢察官則靠在椅子上，雙手抱胸。

「沒有，今天中午才發生的事，能有什麼消息？炳鍾，你覺得政府會讓李英煥動手術嗎？」

「嗯……」

同事也雙手抱胸，沉思了起來。

「老實說，已經死了兩百二十三個人欸？就算他只能治好癌症，天下就已經要大亂了吧？但是，今天聽那個律師這樣講，李英煥是真的可以治百病哪……那麼，政府應該會讓他動手術吧？」

「讓李英煥動手術，不就等於赦免他嘛，媽的，國家居然不懲處一個殺了兩百二十三人的傢伙，就這樣放他出去？所以說，不管是合法還是非法，只要幹了傷天害理的事情之後，跟李英煥一樣搞出個偉大的發明，就可以被放出去嗎？」

「我哪知道，你幹麼對我發脾氣啊？」

兩人的談話戛然而止。張東勳檢察官尷尬地抬起一隻手，為自己突然發脾氣的行為表示歉意。同事笑了起來，似乎是覺得對方的手勢很可愛。

張東勳檢察官看了朴在俊律師的記者會之後，發覺李英煥是有可能被釋放的。而且，他相信李英煥真的可以治百病。這麼一來，只要李英煥得到手術機會，就可以逃避法律的制裁，成為人類的救星。然而，這樣的結果並不在張東勳檢察官的計畫之內。

「打擾了。」

房門隨著敲門聲被打開，兩位檢察官馬上安靜地閉上了嘴。服務生走進房間，在兩位檢察官面前各放了一個個人火爐和一盤牛肉。

「祝您用餐愉快。有任何需要可以按旁邊的服務鈴。」

服務生一邊禮貌地招呼著，一邊輕輕地將門關上。同事吹了聲口哨，將一片布滿大理石紋的鮮紅牛肉放在自己的火爐上。

「李英煥還殺了一些外國人，但那些人的祖國卻隻字未提。美國等大國也是如此，歐洲倒是略有微詞。你知道這是為什麼嗎？如果李英煥的醫療技術是真實存在的，那他的技術可是強大到不容其他國家忽視的。所以，政府想救李英煥，卻又沒有證據能證明這傢伙的醫療技術確實存在。而今天，他卻突然想證明自己的醫療技術，要求政府安排手術？甚至，還只在韓國優先公開？以政府的角度來說，感謝都來不及呢。」

說完，同事便用筷子夾起火爐上的牛肉放進嘴裡。沒加鹽，也沒加任何配料。口中的牛肉想必是非常美味，他閉上眼睛細細品味著肉的味道。

如果李英煥手術成功，被赦免後獲釋，他將立即公布在手術中所使用的醫療技術，且每年都會公開新的醫療技術。雖然他表示會優先將醫療技術提供給韓國，但日後所有國家、企業、醫院都能夠得到該醫療技術並使用。不過，第一個條件的第四項，內容為：「我絕對不會將我的醫學技術提供給譴責我，或是藐視我的醫學技術的國家、企業、大學、機關。」正因為這句話，其他國家都不敢恣意批評李英煥。除了幾個重視人權的歐洲國家以外。

「炳鍾，那我問你。如果讓你來選擇，你會救李英煥，還是殺了他？」

張東勳檢察官一邊從火爐上夾起一塊牛肉，一邊問道。

「在你面前說這話有點不太好，不過，我當然會救他啊。你也知道嘛，我表弟是漸凍人。醫生說他只剩三年左右了，如果李英煥連漸凍人都能治好的話？我當然要救他啊……」

同事的語調降低了一個音階。聽完他的話，張東勳檢察官點了點頭。他能理解同事的立場。

「那麼……在你眼中，我像是反派角色嗎？」

張東勳檢察官看著同事的眼睛，提出了一個略帶感性的問題。正當氣氛突然變得異常時，同事卻冷不防地笑了出來。

「蛤，你怎麼會是反派角色？這就是檢察官的工作啊。你的事情我也是知道的。這哪有分什麼反派跟英雄！每個人都有各自的故事嘛。」

張東勳檢察官點點頭。他同意對方的看法。

這陣子，隱藏在心中的情緒常會因為李英煥而自顧自地流露出來。炳鍾說得對，只是每個人都有各自的故事而已。

「販賣李英煥醫療技術」詐騙韓幣一百億的嫌犯落網

首爾中央警察局日前宣布，已逮捕謊稱自己發現李英煥醫療技術，並進行詐騙的許某。

許某以生活在地方的富裕老夫婦為目標，聲稱自己找到了李英煥的醫療技術，以每種五億韓元的價格出售，涉嫌詐取價值一百億韓元的財物。截至目前為止，已有二十三名被害者……

・・・

除了許某外，光是利用李英煥的醫療技術進行詐騙而被捕的就有十餘人。

警方呼籲，若是有人前來兜售李英煥醫療技術或相關物品，請立即向警方報案，千萬不要支付金錢或物品。

東總原州新聞 wlrma12@tkatlq.tkqqns

第四章

深淵的忘卻

죽음의 꽃

新聞結束後，談話節目便開始了。今天的來賓是一位自稱曾與李英煥熟識的男子。他說自己目前是一名胸腔外科實習醫生，在Ａ大學醫學院與李英煥一起工作了約兩年左右。此人堅稱李英煥不能治百病，李英煥所謂親自以手術治癒的十人，都只是他的同夥。詳細的內容是：李英煥與這十人原本都是情報局的研究人員，他們一直都會綁架身分難以辨認的民眾來進行人體實驗。人體實驗的祕密一流出，情報局便讓李英煥獨自承擔所有責任。

「簡單統整一下以上內容，李英煥和這十人皆是研究人員，而情報局將其進行的人體實驗都推到李英煥一個人身上，是嗎？」

談話節目主持人問了他一個問題。

「對！沒錯。」

男子自信滿滿地回答道。

「接受他治療的十人，居住地、職業、年齡等皆不相同，甚至還有未經篡改的病歷。而那些身心障礙者，都有身心障礙團體的註冊紀錄，以及自出生以來的就醫紀錄，你怎麼會說這些人是情報局的研究人員呢？」

「這一切都是可以造假的，我馬上解釋給你聽。」

他拿出自己親自調查到的資料，開始講解。簡單來說，這十人皆製作了假病歷，並拼湊得像是過去撰寫的一樣。聽了他的一席話，真的會認為李英煥跟那十個人都是騙子。

「那麼，李英煥為何要求政府安排手術？如果他是個扛下洩漏機密的責任，必須獨自接受制裁的研究人員，難道不是應該低調行事嗎？」

他回答了主持人的問題，但這次，他給出了一個令人費解的答案。這些話說了等於沒說。正在看這個談話節目的朴在俊律師聽到男子的答案後，帶著冷笑，傻眼地從床上坐起身來。接著，他走向書桌，坐在椅子上，卻也無事可做。

他擔任律師近二十年，處理過無數案件。其中，這次的李英煥案是最受全世界關注的案件。但是，與案件的話題性背道而馳的是，他幾乎沒有為開庭做任何準備。既然都已經向政府提出手術要求了，現在去準備開庭也沒有任何意義。

在社會越來越混亂的狀況下，政府並沒有對李英煥的手術發表任何立場。朴在俊律師透過人脈把認識的記者和政界人士通通聯絡了一輪，但他們也沒有頭緒。政府要不就是正在祕密討論李英煥的手術，要不就是完全忽視了這個要求。

朴在俊律師伸了個懶腰，倒在身後的椅子上。所有情況都十分令人鬱悶，但他卻無能為力。

第一次庭審後，只有幾個人和他聯絡。然而，在全國人民面前露面召開記者會之後，便有一大堆人說要協助他。有人說要提供食物與各種必需品；有個有錢人說會提供無上限的金錢；甚至有個大型律師事務所願意為他聘請有能力的律師。此外，還有希望提供協助的各種小型團體，但他通通都拒絕了。並不是有人幫忙，李英煥就會被釋放。白白接受那些不必要的協助，日後只會出問題而已。

朴在俊律師撐起了倒在椅子上的身體，回到床上去看電視。他拿起遙控器，跳過那個快結束的談話節目，轉而觀看另一個頻道的電視新聞。依然是李英煥相關消息。大批民眾聚集在遼闊廣場上的畫面出現在螢幕中。每個人的額頭上都綁著一條白布。白布上用紅字清晰地印著「處死李英煥」五個大字。有位中年男子揮舞著一面比自己還高的旗幟，旗幟上印著醒目的「屠夫李英煥！」、「速判死刑！」等文字。人們還焚燒著貼有李英煥照片的草人。

朴在俊律師的表情蒙上了一層陰鬱。

現場記者找上方才奮力揮舞旗幟的男子進行採訪。

「自韓國建國以來，從來沒見過像李英煥這種絕世精神病患者！他是個屠夫！我們恢復死刑制度是為了什麼？我贊成把李英煥這種人抓起來斃了！要是總統赦免李英煥，那就是藐視大韓民國憲法的行為，也是背叛全國人民的行為！」

男子憤怒地大吼著。

記者又找了另一位示威民眾進行採訪。她是一位四十多歲的女性。

「兩百二十三個人！兩百二十三個人哪！就算他能治百病，也不能殺掉兩百二十三個人吧？就算我快死了，也不會接受那個王八蛋的治療！政府應該立即處死李英煥！」

下一幕是一對坐在柏油路上哭泣，貌似夫婦的中年男女。他們因為李英煥而失去了十三歲的愛女。接著，畫面上出現了這對夫婦和女兒過去的合照。被父親背在背上微笑著的女孩，映入了朴在俊律師的眼簾。

「如果殺死我女兒的是李英煥……」

朴在俊律師拋下了突然冒出的多餘想法，火速轉臺看其他新聞。畫面上出現的是將李英煥奉為神祇的李神教相關報導。內容是，有人檢舉李神教教主以赦免李英煥為藉口募集非法獻金，同時還有數名女性報案，聲稱遭到教主性侵，警方目前已採取行動。警方一抵達李神教大樓附近，便有一群教徒們出來阻擋。接著，有一位教徒發現了正在拍攝現場狀況的電視臺記者，當場大聲要求對方收起攝影機。

「目前，李神教以非法手段募得的獻金高達一百二十億韓元，聲稱遭到教主性虐待的女性則有五名……李神教表示，教徒們將會在兩天後的星期三發起『要求赦免李英煥』的大規模示威，警方將針對本次示威……」

朴在俊律師嘆了口氣。李英煥正讓整個社會走向毀滅。

李英煥這個人，真的該死嗎？

這一個問句，在他腦海中蔓延著。然而，他搖了搖頭。

「李英煥這個人絕對不能死。他是神一般的存在。他是能把我的女兒從死亡中拯救出來，讓我們再次成為幸福家庭的偉人。」

朴在俊律師閉著眼睛，在腦海中複誦著如祈禱文般的想法。

砰！砰！砰！

有人用力拍打著朴在俊的旅館房門。他沒有點外送，也沒有要求酒店的服務。

砰！砰！

門板發出了快被震碎的巨響，同時，門外還有人低聲呢喃著。

朴在俊律師從床上站起身來，盡可能地壓低自己的腳步聲，往房門走去。

要是有人來找他，肯定是為了來協助他。就算對方來意不善，也不可能對律師動手吧？但，他還是感受到一股莫名的不安。

朴在俊律師在門前駐足了片刻，並沒有開門，只是靜靜地站著。雖然能明確地感覺到外頭有人，他還是輕輕地打開了門。有個男人站在門口。

以長相來看，這名男子應該是五十多歲。他穿著寬鬆的灰色外套和破舊的卡其色棉褲。

「律師您好，我方便進去一下嗎？那個……我有話想跟你說。」

來拜訪朴在俊律師的男子一臉失去全世界的表情，彷彿下一秒就要哭出來。他的聲音裡帶著滿滿的痰，身上沒有酒氣，卻散發著酸臭的鰥夫味道。

他不知道這名男子的來意。但，他並不是來幫自己的。即便如此，他看上去也不像是要來害人的。不管這名男子的來意為何，他都不願意讓這個人進房間。

「不行，在這裡談就好。」

朴在俊律師盡可能地把話說得冷靜且堅定。為了能夠在突發事件發生時立刻關上門，他一直緊抓著門把。

男子聽了朴在俊律師的話之後，乖乖地點了點頭，並沒有堅持要進房間。

「律師……我……我……我媽媽有老年痴呆症。她幾年前離家出走了。然後，我今年找到她了，是李英煥殺了她……我得了塵肺症，醫生說我快死了……怎麼辦？」

男人忽然低下頭，發出了微弱的哭泣聲。他的話語中夾雜著哭泣聲，根本聽不懂在說些什麼。

「所以你想怎麼樣？」

朴在俊律師皺起了眉頭，就像在看一張令人厭惡的照片。焦躁的情緒開始一點一滴湧上心頭。

「不！殺了我母親的人，現在是唯一能救我的人哪！我怎麼能叫殺害我母親的傢伙救我的命呢……但是我……好想活下去……救救我吧……」

低聲啜泣的男子突然放聲大哭，抓著門把跌坐在地上。

「現在唯一的方法就是肺部移植，但是我沒有錢……律師，至少給我點錢吧……」

朴在俊律師用力抓著門把，但並沒有把門拉上。他的呼吸越來越急促。心中累積的焦躁，漸漸化為憤怒。

「有苦衷的不是只有你一個人，趁我還沒翻臉，快走吧。」

朴在俊律師壓低聲音說道。

男人突然拉動了手中的門把，朴在俊律師則鬆開了門把上的手。

「我該怎麼辦……救救我……」

男子一邊啜泣，一邊從敞開的房門爬進了房間。

朴在俊律師的呼吸越來越急促，連肩膀都抽動了起來。接著，滿溢的怒火完全蒙蔽了他的雙眼。他咬著牙，奮力地朝爬進房間的男子臉部踢。男子仰著頭倒在地上，發出了呻吟聲。朴在俊律師一刻也不停歇，不斷地踹著男子。他一下又一下地踹著，直到將男子完全踢到飯店走廊上為止。

「滾！你跑來找我，是要我怎樣？李英煥當然應該活下去，這樣你才會活下去，我女兒才會活下去啊！」

朴在俊律師用震耳欲聾的音量威嚇著對方，並關上了門。門外傳來男子夾雜著呻吟的哭泣聲。朴在俊律師的怒火消退後，被憤怒蒙蔽的理性也回來了。他打了人……明知不能這麼做，理智線卻瞬間斷裂。他放開門把後，走到冰箱前拿出一瓶冰水。

朴在俊律師發覺自己最近沒辦法控制脾氣，就像是生病了一樣。他本來就很常發脾氣，但並沒有這麼嚴重。他認為這也是李英煥造成的。想了又想，想了又想。千頭萬緒在腦海中糾結著。

這世界瘋了。他的女兒快死了，而人們為了活下去，為了死去的人，互相鬥爭著。自己剛剛還揍了一個人。李英煥用尚未出世的胎兒進行人體實驗，讓所有遺傳病疾病表現出來，把老人的身體弄得像麵團一樣。然後，將人體互相組合，接著……

朴在俊律師眼前是一張又一張李英煥案被害者的照片。腦海裡有千頭萬緒在翻騰，厭惡的情緒籠罩著他的身體。他的理智線漸漸放鬆，瀕臨昏厥。此時，放在床上的手機瘋也似地響起。突如其來的電話鈴聲，將他從混亂的思緒中喚醒。

嘈雜的聲音，惱人地響起。

朴在俊律師將尚未打開的水瓶放在冰箱上，走向床上那支發著光的手機。他很不安。拿起手機一看，是妻子打來的電話。確實是快到打電話給他女兒的時間了。昨天晚上和今天早上，他都有和女兒與妻子通電話。但是，現在這通電話的感覺不一樣。他接起了電話。簡單來說，這通電話的內容就是——女兒已陷入昏迷狀態。

朴在俊律師立刻驅車前往首爾。他必須趕往女兒所在的醫院。他開上高速公路並加快車速。速度實在是太快了，一旦出了意外，他的屍體就會被碾成肉醬。雖然已經是深夜時分，首爾方向的高速公路上還是有一些車。但是，他並沒有放慢車速，而是胡亂按著喇叭，超越擋路的車輛。

朴在俊律師慌亂地抵達醫院。把車子隨便停在停車場後，便開始朝加護病房奔去。救護車的警笛聲在夜空中迴盪著。剛走到加護病房門口，身後就有人喊著。

「先生！借過！」

朴在俊律師回頭一看。急救人員正拉著移動式病床衝向加護病房。躺在病床上的血淋淋女人瞬間與他擦身而過，進入了加護病房。雖然只是瞬間，但他還是看見女人臉上沾滿了混著鮮血的砂石。她右臂嚴重骨折，骨頭穿出皮膚，腹部插著一個鐵片。在朴在俊律師的眼中，那位女子的臉和女兒的臉重疊了，恍惚片刻後，他隨即回過神來，跟著那位血淋淋的女子進入了加護病房。

加護病房繁忙且混亂。哭聲此起彼落，身上配戴著古怪機械的人們躺在病床上。而他的女兒……

「Arrest（心臟驟停）！」

突然有人大聲喊叫。聲音位置不明，但醫生奔向某處後，護士也跟了上去。醫師的白色長袍上沾染了血跡。朴在俊律師站在原地，再次失了神。他搖了搖頭，讓自己打起精神。接著，他開始快步在病房裡走動。現在，占據他身體的不只是不安，還有恐懼。

他經過了一位因車輛翻覆意外而昏迷的中年男子，接著又經過了一位墜樓的中年女子，直到最後經過一位未能死裡逃生的學生後，才見到了他的女兒。透明的軟管插進了女兒幼嫩的鼻子和嘴巴。數臺外型複雜的儀器連結在女兒身上，發出奇怪的嗶嗶聲，掛在一旁的不知名藥筒如果實般搖來晃去。妻子坐在躺著的女兒身邊啜泣。看到這一幕的朴在俊律師停下了腳步，站在原地眨著眼。他以飛快的速度眨著眼睛，就像是眼睛進了異物一樣。

「您好……請問是病患的父親嗎？現在的情況……」

醫生站在病床旁，他說的話迴盪在朴在俊律師耳邊。

他聽不懂醫生在說什麼，他也不想懂。腦袋一片空白。他呼吸困難，心一沉，焦急萬分。雙腿顫抖著。他好不容易才穩住自己的大腿。今天早上還和自己笑著通電話的女兒，現在卻失去了意識，靜靜地躺著。他知道自己的女兒來日無多，但是……

「我認為您必須做好心理準備。」

醫生的最後一句話打醒了朴在俊律師。目前的所有狀況一下全擠進了他的腦海，強迫他去理解。

「你這話什麼意思？」

朴在俊律師用威嚇的眼神瞪著醫生。醫生深吸了一口氣，沒有回答他的問題。朴在俊律師走到醫生面前，緊緊抓住對方的肩膀。

「不……不是我必須做好心理準備，是你要做點什麼啊！把那些奇怪的儀器拿掉，給她動手術！救活我女兒！」

朴在俊律師失去了理智，放聲大吼。醫師平靜地向他再次說明目前的狀況。現階段，是不可能進行手術的，這裡的醫療團隊都已全力以赴，但還是必須做好心理準備。

「我們已經盡力了，但是……對不起。」

醫生再次低頭道歉。

「我不要你道歉……」

朴在俊律師瞪著醫生，無法再說下去。情緒讓他一時語塞。已經哭了好一陣子、雙眼發腫的妻子，往朴在俊律師走近，她使勁拉開對方緊抓著醫生的手臂，卻被朴在俊律師甩開。接著，他噓下了那讓他一時語塞的情緒。

「喂！你不是醫生嘛！媽的，一個二十八歲的年輕人都能治好，你為什麼治不好！真是個廢物！」

醫生沉著臉，一語不發。

「說話啊！不要只是讓她躺在那裡，做點什麼啊！至少讓她活到李英煥出來……」

朴在俊律師跌坐在原地。他無法接受這種狀況。他的女兒不可能待在這種地方，她不可能這麼早走。

「求求你……讓她活到李英煥出來……你要多少錢我都給你。」

他帶著哭腔哽咽著。

朴在俊律師整理好自己狼狽的姿態，向醫生鞠躬。但是，妻子卻邊向醫生道歉，邊將對方送走。於是，醫生走向了其他地方，朴在俊律師則緩緩抬起上身，跪坐在地上。他把雙手放在膝蓋上，低頭望著地板，就像是被罰跪一樣。

「我們轉去大一點的醫院吧……把她送到美國或歐洲，無論如何都……」

「老公，不用了。我沒事……我們都已經預料到了，不是嘛。」

妻子坐在朴在俊律師身邊擁抱著他。她說自己沒事，卻依然流著痛苦的淚水。

「不然這樣吧！至少送到日本去……我錢多啊！只要讓她活到李英煥出來就行了……李英煥可以救活所有人的。」

朴在俊律師的眼眶溼了。他咬緊牙關，想盡辦法忍住眼淚。女兒就在他身邊奄奄一息的，而他卻無能為力。無力感深深鑽進了心裡。他無法接受這慘淡的現實，只想當場一頭撞在地上昏迷不醒。

李英煥。

有人在朴在俊律師耳邊呢喃著，李英煥……李英煥是唯一能救女兒的人。

朴在俊律師從地上跳起來，看向閉著眼睛躺在床上的女兒。他聽見了從氧氣管中傳出來的氣息聲。妻子一走到他身後，他便推開對方離開了加護病房。他的腳步越來越快，立刻就跑了起來。身為父親，不能眼睜睜看著女兒白白死去。

他六神無主地跑到停車場，上了車，接著便驅車前往九岩。他可是李英煥的律師。他是李英煥最親近、最常交談的人。他感覺不到一絲疲倦。電話響了，是妻子打來的。但是，他把手機翻了過來，沒有理會妻子的電話。

朴在俊律師在午夜之後抵達了看守所。這個時候，他當然是無法見到李英煥的，但他通過熟人，還是得以勉強見到對方一面。

李英煥邊搔著自己的鳥窩頭邊走進律師接見室，他疲憊的臉上散發著滿滿的不悅。

「現在跑來是怎樣啊?」

朴在俊律師也很清楚,這麼晚把李英煥強行叫起來會面,是非常無禮的行為,他一定會很反感。不過,現在不是顧慮他人感受的時候。

「不好意思……但是,李英煥先生,如果政府批准了你的手術,能不能安排我女兒動手術?拜託你。」

朴在俊律師極盡所能地發出他最悲慘、最懇切的聲音。

「手術還沒確定。」

李英煥閉著眼睛,疲憊地咂了咂嘴。

「萬一!確定的話,請救救我的女兒。」

李英煥並沒有回答。他覺得朴在俊律師的狀況有異,便微微睜開眼睛觀察對方。朴在俊律師的瞳孔裡充滿了不安和恐懼,再加上他突然在深夜硬著頭皮過來要求自己救他女兒的行為,不難發現他的女兒應該是出了很嚴重的狀況。他女兒應該已經撐不住了。

朴在俊律師瞪大眼睛等待著李英煥的回答。

「不行。」

李英煥完全睜開眼睛回答道。

「為什麼！」

朴在俊律師用拳頭搥著桌子。這是計畫之外的無意識行為。他被自己方才的行為嚇著了，但並沒有刻意道歉或說些什麼。李英煥面無懼色，反倒是以同情的眼神看著朴在俊律師。

「我們的條件是，如果我獲判無罪或得到赦免後離開這裡，就會治療你的女兒。不，我至少要恢復自由之身，才能選擇治不治療她。再說，現在連一個手術相關報導都還沒有出來，二審也還沒有開始，什麼都還沒有啊。朴律師，你清醒一點。」

朴在俊律師緊咬著嘴脣。他的理性思維早已麻痺，腦海裡只有女兒在加護病房裡奄奄一息的畫面。

「再說，即使我得到動手術的機會，我又憑什麼要治療你的女兒呢？你會來當我的辯護律師，不就是因為女兒生病嗎？要是你女兒恢復健康，你就會拋下我了啊。你為什麼會千方百計讓我離開這裡？就是因為你女兒病了嘛。就是因為只有我能治好你命在旦夕的女兒啊，對吧？」

朴在俊律師從座位上彈了起來，嘴裡飆出半句髒話。他好不容易才把那句髒話吞回肚子裡，按捺住了滅頂的憤怒。女兒快死了，憤怒即將蒙蔽他的雙眼。

「我明白了！老實說！我女兒已經陷入昏迷，來日無多了。求求你想辦法先讓她活下來……以後再進行治療也可以……先讓她活下來就好！所以，我就算死也會讓你離開這裡。」

「不是，你還不明白嗎？我根本不在乎你的女兒是死是活。你之前說過，要是這次沒爭取到手術機會，我就會無聲無息地死掉，現在你女兒命在旦夕，你就大半夜跑來發神經？你是要放我一個人去死嗎？你是要我像白痴一樣把你女兒救活，然後一無所有地死掉嗎！」

李英煥突然控制不住激動的情緒，說得口沫橫飛，但話一說完，又立刻恢復了平靜。

「你把我當白痴啊？我也是個聰明人哪。」

朴在俊律師臉上流下一行清淚。他咬著牙，雙手緊緊握拳。憤怒蒙蔽了他的雙眼。他從座位上跳起來，撲向李英煥，接著雙膝跪地，額頭「咚」一聲撞在地板上。

「對不起，我為我所做的一切道歉。求求你！請你救救我的女兒！拜託你了。她還那麼小……求求你！請你答應我！」

他對李英煥放聲吶喊著。

「庭審見吧。」

李英煥從座位上站起身來。

結束了。李英煥已離開律見室，朴在俊律師的額頭卻還磕在地上不動。他的怒火已經熄滅，恢復了理智。

他沒臉起身，是自己太情緒化了。他應該要有計畫地去接近李英煥才是。這一切令他後悔不已，向一個比自己年輕許多的罪犯下跪磕頭，實在是太羞恥、太悲慘了。真想當場咬舌自盡。他詛咒著自己，彷彿自己被全世界憎恨著。

你很想死吧？

有人在朴在俊律師耳邊低語。他的眼睛猛然睜開，腦海中閃過了一個念頭。他抬起身，原地站起。

昨天還好端端的孩子，不可能就這樣突然死去。女兒是絕對不可能變成這樣的。據李英煥所說，她下個月才會走。李英煥是絕對不會講錯的。

他深深沉浸在「有人刻意殺害女兒」這個想法之中。

他環顧四周，身邊一個人都沒有；他閉上眼睛，這裡非常安靜。接著，他進入了極度專注的狀態。進入了一個只有自己存在的世界。

是誰幹的？

是討厭我的人……這個人為什麼討厭我呢？因為錢？不可能。是公司的人嗎？不可能，我在公司並沒有與人結怨。所以，目標是李英煥！他是個不該活下來的人。李英煥目前人在看守所，無法直接加害於他。所以，此人便加害在李英煥背後操控大局、製造緊張事態的我。但是，為什麼對象是我女兒，而不是我呢？因為他無法直接招惹一個全國知名的律師，所以便對我的弱點下手。對方不但知道我的弱點是女兒，還知道她患有疾病，同時，還有能查出我女兒的所在位置。他是個有辦法查出個人資訊，或是人脈非常廣的人。而且，他非常聰明，能夠刻意讓我女兒陷入昏迷，不留下任何證據。

朴在俊律師緊閉著雙眼，他覺得自己的頭痛到快要爆炸了。

一個認識自己，有辦法查出個人資訊，且憎恨李英煥的人……

許多人選從漆黑的眼前閃過。但是，誰會想動用如此卑鄙的手段殺死李英煥呢……是李英煥案的被害者家屬嗎？

朴在俊律師搖了搖頭。

他們瞭解失去家人的痛苦，做這種事情的機率很低。這個人為了殺死李英煥，什麼事都做得出來；這個人一看見犯罪者便咬牙切齒，想盡辦法要處罰他們。

張東勳檢察官。

朴在俊律師的腦海裡一浮現張東勳檢察官的臉，便張大了嘴，就像是發現了不該知道的祕密一樣。對自己女兒下手的真凶就是張東勳檢察官。不會有別人了。就是他沒錯。那個混蛋就是凶手。朴在俊律師胡亂飆著髒話，如逃亡般衝出了看守所。

張東勳檢察官一如既往地啃著小番茄出門上班。今天早晨的天氣比昨天涼了不少。氣象廳指出今天開始氣溫會驟降，預報好久沒這麼準確了。吐氣的時候，已能夠看見白濛濛的氣息。距離冬天還有一段時間，就已經這麼冷了，讓人感受到秋天的確正在消失。

距離李英煥的第二次庭審沒剩幾天了，並沒有發現該案的其他被害者。此外，李英煥也沒有犯下其他罪行。

送到國科搜檢驗的東西，也幾乎都得到了「無法辨識」的結果。李英煥那些只有在奇幻小說裡才看得到的怪異行為，連韓國的國立科學搜查研究院都查不出原因。被害者身體恢復生長，自然生成雙重生殖器與男性子宮等狀況，被判定為腦下垂體出了一定程度的問題，但李英煥控制腦下垂體的方式則不得而知。

他突然聽見了車門打開的聲音。那個聲音將陷入沉思的張東勳檢察官拉回了現實。

有名男子從擁擠的車輛間隙中，倉皇地衝出來，腳一拐，就跌到了他的面前。這名男子是朴在俊律師。他從跌倒的地方站了起來，卻沒有拍掉沾滿西裝的骯髒塵土。他的頭髮雜亂，眼中還掛著眼屎。

張東勳檢察官從事檢察工作約十三年，從來不曾有案件律師在庭審結束前來找負責檢察官，他也沒聽其他檢察官說過。所以，他認為朴在俊律師來找自己是有其他特殊原因的。

「張檢察官，借一步說話。」

朴在俊律師說話的語氣，就像是勒索青少年的小混混一樣。

「好，請說。」

張東勳檢察官看著手腕上的錶，大概還有三十分鐘的空檔可以聽他說話。

「大家都是成年人了，就實話實說吧。你懂的。」

朴在俊律師沒什麼大動作，說話時卻夾雜著粗重的呼吸聲。此外，他還不斷揉著眼睛，就像是眼裡進了沙子一樣。張東勳檢察官覺得對方目前的心理狀況不太正常。

「案件的律師和檢察官之間有什麼祕密好實話實說的？律師的祕密應該

更多吧。」

「你老實說，警方在調查的時候已經找到李英煥的醫療技術了吧？他們已經找到檔案、影片，或是筆記了，不是嘛！至少也有找到隨手寫在紙片上的塗鴉吧！」

朴在俊突然大聲吼了起來。張東勳檢察官皺起了眉頭。

他本身也有看到李英煥聘請律師的報導。想必朴在俊律師是因為自己或是家人身有病痛，現在才會想要索取李英煥的醫療技術。但是，他不能理解李英煥的律師為什麼非要親自來找自己，還說出這種話。這……應該是有什麼不得已的苦衷吧。但是，他對李英煥的醫療技術一無所知，即使知道，也不可能說出來。

張東勳檢察官並沒有回應朴在俊律師的話，試圖繞過對方，往自己的車走去。然而，朴在俊律師卻伸出手臂，攔住了張東勳檢察官的去路。

「你要去哪裡？你找到技術了吧？治百病的知識不可能全都放在人的腦袋裡，他一定寫在某個地方。你明明就找到了！但是你找到的只是一部分對吧，是在廢棄工廠園區嗎？我沒說錯吧？」

朴在俊律師的語氣有些古怪。他用激動的聲音，飛快地說出了這一番話，就像是個陷入妄想的精神病患者在自言自語。

張東勳檢察官再次忽略朴在俊律師，試圖繞過對方。但是，朴在俊律師這次直接站在張東勳檢察官面前，阻擋對方的去路。

「回答我！警方已經找到少數李英煥的醫療技術了。但是，你怕公開那一部分，李英煥就會死掉，所以才假裝不知道。老實說，我講的沒錯吧。如果你老實回答我，我就饒了你。」

「朴律師，你要饒我什麼啊？」

張東勳檢察官無奈地說道。

「饒你什麼？饒了你把我女兒搞成殘廢的事啊。」

朴在俊律師先前一直都像精神病患一樣毫不間斷地快速說話，但是現在卻壓低語調，冷靜地說完了那句話。而且，他的眼中還有一股殺氣。

「我為什麼要把你的女兒變成殘廢啊？不行，我沒時間了，我先走了。」

張東勳檢察官發現了朴在俊律師那殺氣騰騰的眼神，他打算盡快解決這個狀況並離開現場。他有種直覺，要是繼續跟對方談下去，會發生不好的事情。然而，朴在俊律師卻將企圖離開的張東勳檢察官推了回去，不讓他繞過自己。

「就是你啊！要是李英煥動了手術，他就會被釋放，所以你一定會想盡辦法阻止，對吧？你心想，在李英煥身邊計畫這一切的就是我，但是你又不能拿我怎麼樣，於是你就對我生病的女兒下手！」

朴在俊又一鼓作氣地把所有的話快速講完。張東勳檢察官並沒有回答，只想試著避開對方。在他眼中，對方只是個失去理智的中年男子。

「王八蛋！」

朴在俊律師突然發出帶著辱罵的怪叫聲，並抓著張東勳檢察官的肩膀搖晃。

「為什麼要這麼做！沒必要對我女兒下手啊！只要你立刻公開警方找到的醫療技術，我就饒你一命！要不然，只告訴我一個人也行！」

朴在俊律師瞪著發紅的雙眼，噴著口水，完全像是個瘋子。

張東勳檢察官一手抓住朴在俊律師的肩膀，另一隻手將他的脖子往旁邊推，再用腳將對方絆倒。朴在俊律師直接倒在柏油路上，一邊發出痛苦的呻吟，一邊緩慢地在地上翻滾著。他手扶著腰，似乎是背後遭到了撞擊。

張東勳檢察官不知道朴在俊律師身上究竟發生了什麼事。唯一可以確定的是，他之所以這樣對自己，是因為李英煥。

在李英煥出現之前，張東勳檢察官就已經認識朴在俊律師這個人了。他是一位知名的明星律師，法律界沒有人不認識他。但是，那位知名的明星律師，現在就像街友一樣，在柏油路上打滾。這並不表示自己對他有任何同情或憐憫。怎麼說才好呢？他突然想抽根菸。

張東勳檢察官沒理會倒地不起的朴在俊律師，直接繞過對方離去。上班時間已經到了。

第五章

第二次庭審

죽음의 꽃

太陽還沒升起，反李英煥死刑聯盟便已經在庭審法院門口的路中央準備示威了。這裡有坐輪椅的、拄拐杖的、手臂上打著點滴的人；失明的、不良於行的、智能不足的人；罹患絕症與不治之症的人。他們與自己的家人朋友齊聚一堂，高聲倡議著李英煥的手術與赦免。只有李英煥才能治癒並救活他們，也就是說，他就是神一般的存在。李英煥是拯救他們，看顧他們的人。

而這些人的對面，迎風飄揚的大旗高高聳立，彷彿宣告著戰爭的開始。在李英煥殘忍離奇的人體實驗中死去的被害者家屬、堅信李英煥是騙子的人、憎恨李英煥且認為他必須受法律制裁的人、認為李英煥非常不可取的人，全都聚集在這裡。

防暴警察背對著警車將這兩個團體分開。由於示威人群眾多，法院門口的八線道路，目前只剩兩個車道可供使用。那兩個車道也是警方對示威團體進行管制後才勉強空出來的。

第二次庭審的開庭時間到了。兩個抗議團體中間，停了一輛警方的囚車。囚車的門一打開，李英煥便雙臂勾著警察下了車。他站在原地，一動也不動。他刻意在這裡下車，就是想親眼看看這兩個龐大的瘋狂團體。

李英煥一出現，兩個團體全都發出了怪叫。防暴警察用手中的盾牌用力推著人群，避免這兩個團體的人靠近李英煥。要是沒有防暴警察，這一大群人就會馬上撲向李英煥。

有人哭著讚揚他。渴望著他，認為他就是希望，能將人從死亡中拯救出來。

「請救救我媽媽！」

有人對他咬牙切齒。悲憤落淚，撕心裂肺，緊握雙拳。

「喂，王八蛋！讓我媽活過來啊！」

他是神。讓失明的人看見；耳聾的人聽見。

「我也想看看這個世界！」

他是惡魔。殺害大人，殺害小孩，殺害從腹中取出的胎兒。

「去死！你這個王八蛋！」

那些承載著每個人故事的字字句句，傳到了李英煥耳裡，讓他笑了出來。這社會崩壞的程度已超越了他的想像。

爛掉的馬鈴薯、番茄等，所有能用手丟擲的東西，一個個從遠方朝李英煥飛來。然而，飛過來的各式物品，卻全都砸在李英煥的貼身警察身上。李英煥掛著滿足的微笑，走在如紅海般分開的兩個團體之間。

人們用盡全力伸出手，想要觸碰到他。有人渴望他的拯救；有人渴望他的死亡。為了防堵鬧到失控的人群，防暴警察甚至拿出了棍棒。所有人都對著那最棒的神，和最壞的惡魔吶喊，彷彿自己才是最急切的那個人。

不想死。

「求你！救救我吧！」

必須死。

「你這種混蛋，就該被砍頭！」

家人瀕死。

「李英煥先生，請你救救我兒子！」

家人死了。

「讓我兒子活過來啊……」

每個人的理由都不同，但每個人都對李英煥有強烈的情緒。

李英煥笑開了。他的眼睛彎成了新月，笑得合不攏嘴，那表情就像是面具一樣。

相信我，我會拯救每一個人。

神對所有人說著悄悄話。

接著，李英煥進入法院，審判開始。應李英煥的要求，第二次庭審將公開進行，並進行現場直播，全國人民都看得到。因此，法庭後方安裝了各家電視臺的攝影機。

庭審開始了。朴在俊律師提到了李英煥的醫療技術公開後所帶來的巨大國家利益和社會效益，接著向法官要求以進行手術的方式，實際驗證其醫療技術。朴在俊律師已然恢復成一位正常的律師，但是，他的臉上卻依然透露著不安。

輪到張東勳檢察官了。兩百二十三張被害者的照片依序顯示在法庭準備的螢幕上，人體實驗的殘酷現實毫無保留地展現在社會面前。這一切並未經過被害者家屬同意。

庭審即將結束，檢察官與律師都已陳述完畢。

「很多人罵我是殘忍的連環殺手，但是……以後能把生病的你們救活的也是我。所以，請不要罵我。因為目前使用的所有醫學都曾殺過人。」

李英煥進行了最後陳述。

最後陳述結束後，法官把所有內容綜合在一起。確認案件證物，並重新閱讀檢察官與律師的書面文件。法庭內鴉雀無聲。事實上，這次庭審的判決將決定李英煥會以極惡罪犯的身分死去，還是以神的身分拯救人類。

法官清了清嗓子，他準備要宣讀庭審的判決了。法官的一句話將決定一切。包括張東勳檢察官、朴在俊律師，以及李英煥在內，法庭上的每個人都將注意力集中在法官身上。電視臺的攝影機也捕捉了法官的特寫鏡頭。

張東勳檢察官和朴在俊律師都堅信自己的想法，雙方都各有合理的理由與不容忽視的原委。從法律與倫理上而言，李英煥無疑必須被判處死刑；然而，李英煥卻是唯一能夠拯救人類脫離疾病和殘疾的存在。為了所有人健康幸福的未來，李英煥必然得要活下去。

法官宣讀判決書前的短短兩秒時間，讓法庭裡所有人都有種時間靜止的感覺。

「宣讀判決。被告李英煥將於一週後進行手術，並再審……」

並不是法官沒說完。而是法庭裡爆發的鼓譟聲，讓人聽不見法官把話說完。

李英煥仰起頭，放聲大笑。他不是騙子。他真的有治百病的能力。只要沒有人在手術途中自殺，手術就絕對不會失敗。朴在俊律師臉上也一度浮現笑意，但突然又瞪大了眼睛，表情漸漸變得僵硬。

手術將在一週後開始，二審也要重新進行。再說，如果要走複雜的赦免程序，最快也得花好幾個月。耗時太長了。他女兒已經沒有那麼多時間了。

朴在俊律師伸手握住了在自己身旁放聲大笑著的李英煥。

「李英煥先生……求求你……幫我女兒動手術好嗎？」

李英煥漸漸收起了笑容，微微咧嘴笑著凝視朴在俊律師。他什麼話也沒有說。接著，他甩開朴在俊律師握著自己的手，當場板起臉說道。

「朴律師，我們有緣再相見吧。」

李英煥慢慢恢復了笑容，仰起頭放聲大笑。朴在俊律師緊緊抓住對方的手臂，全身顫抖得像是株白楊樹。此時，警察突然將李英煥拖出了法庭，朴在俊律師也急忙跟著李英煥離開。

「爛透了……」

張東勳檢察官邊嘆氣邊咒罵著。接著，他閉上嘴，慢慢調整著呼吸。鼻息越來越粗重，湧起的怒火卡在喉頭。他在忍，一忍再忍。他掩飾著情緒，在心底的某個角落反問。

「要是殺了我父母的王八蛋被釋放了怎麼辦？」

腹部插著刀子的母親望著我，嘴巴像鯽魚般一張一合的。

「媽的王八蛋！居然救李英煥？你這樣還算是個法官嘛！」

張東勳檢察官猛地站了起來，用手指著法官，力道大到把椅子都給震倒了。法官看了張東勳檢察官一眼後，便邊清喉嚨邊從座位上站起身，加快腳步離開了法庭。

「喂！你要去哪裡！」

張東勳檢察官拚了命地追上去，試圖抓住法官。然而，一同負責本次庭審的年輕檢察官卻抓住了張東勳檢察官的手臂，攔住了他。此時，法官瞬間離開了法庭。張東勳檢察官甩開了年輕檢察官的手，但對方卻緊緊抱住張東勳檢察官的腰，用盡全力阻止他。

「放開我！王八蛋！」

不久後，兩人站在法院的走廊上。法官已消失得無影無蹤。張東勳檢察官依然沉浸在憤怒的情緒中。

「媽的！他居然救李英煥？這像話嘛！」

他邊踹牆壁邊飆著髒話。

「張檢察官，你先冷靜一下……」

年輕檢察官不知所措地站在他身邊。

「真的太荒唐了！這死法官跑到哪裡去了？這傢伙收了錢吧！」

張東勳檢察官像得了狂犬病的狗一樣到處吐痰。接著，突然用雙手捧住年輕檢察官的臉，盯著對方的眼睛。

「這次我們要把所有跟那個狗法官有關的人都抓出來查。知道了嗎？」

「我覺得您還是先冷靜下來再說比較好。」

年輕檢察官滿頭大汗，盡全力安撫著對方。張東勳檢察官則放開了年輕檢察官的臉，轉身扶著牆。憤怒的情緒絲毫未減，他再次大吼了起來。接著，他轉頭看向年輕檢察官。

「你也覺得李英煥應該活下去嗎？」

「才不是！他必須死。他必須要被處死。」

年輕檢察官說這些並不是為了取悅暴躁的張東勳檢察官，他是真心的。張東勳檢察官一臉訝異地慢慢靠近年輕檢察官，他也感受到了年輕檢察官的誠意。

「為什麼？」

認為李英煥應該被處死的人，他只有在電視上看過。年輕檢察官是他身邊第一個和自己有相同想法的人。

「他是罪有應得。如果有特殊能力的人都可以被釋放，那何必要有法律呢？殺人犯必須付出相應的代價。」

這位年輕的檢察官完全沒有被李英煥傷害過，甚至也沒有與張東勳檢察官相似的過往經歷。他只是一個在苦讀之下當上檢察官的普通人。之所以會發自內心地想要殺死李英煥，全都是出於單純的道德正義感。

聽到年輕檢察官這句話，張東勳檢察官的怒火暫時平息了。正當張東勳檢察官要開口發問時，某人跑過來叫住了他。

「張檢察官！我從一樓都聽到你在罵人了！」

他是九岩檢察廳的檢察長。張東勳檢察官一看到檢察長，暫時平息的情緒又開始沸騰了。

「等一下！你要救李英煥嗎？」

張東勳檢察官邊說邊大步走向檢察長。

「喂，喂！那是我們能決定的嗎？你先跟我來。」

檢察長拍了拍他的肩膀，出聲催促著。

「你要帶我去哪？殺了兩百二十三個人還能被赦免，這像話嗎？」

張東勳檢察官甩開了檢察長放在自己肩上的手。

「赦免什麼啊，手術都還沒開始呢。你先跟我來再說。」

檢察長幽默地發著小牢騷，他抓住張東勳檢察官的手臂，把對方拉到某處。年輕檢察官獨自待在走廊，並沒有跟上去。直覺告訴他，那不是他該去的地方。

檢察長帶著張東勳檢察官進入休息室。休息室中的長型玻璃桌兩側，各放著三張鬆軟的黑色皮椅。從左數來第三張椅子上，有位政府高層正端著杯子喝咖啡。隔壁的椅子上坐著的，則是白議員。

張東勳檢察官一進入休息室，就看見了白議員。對方身邊正坐著一位高層官員，但他卻完全沒看見。

「等一下！白議員，李英煥真的要動手術嗎？」

張東勳檢察官踏著憤怒的步伐走向白議員，一副要吵架的樣子。白議員則皺著眉頭，用手勢示意張東勳檢察官保持安靜，盡快就坐。

「張檢察官！你小聲一點，去對面坐好，先打聲招呼。」

白議員十分在意坐在自己身邊的那位高層官員。

張東勳檢察官使勁瞪大眼睛，看向白議員所指的人。不過，他下一秒就放柔了眼神，彎腰向那位高層官員鞠躬。他馬上就恢復理智了。那個人可不是他能怠慢的，勢不可擋的張東勳檢察官當場變成一隻溫順的小綿羊。那位高層官員什麼事也沒做。他一句話也沒說，連個動作或手勢都沒做，就只是坐著喝咖啡而已。這就是力量。肉眼看不見，卻推動著世界的力量，就是權力。

張東勳檢察官聽從白議員的指示，坐在桌子另一側的皮椅上。此時，檢察長早已神不知鬼不覺地離開了休息室。

「白議員，李英煥殺了兩百二十三個人。死者家屬的感受……都不用管了嗎？」

張東勳檢察官的語氣平靜多了，但是他粗重的呼吸中仍夾雜著難以按捺的怒火。

「張東勳檢察官，我知道你是為死者家屬抱不平，但他們都會得到合理的賠償。李英煥的手術，政府都已經決定好了，已經來不及改變了。別說了，來杯咖啡吧，黑咖啡行嗎？」

白議員隨意為張東勳檢察官的話做了個結論。張東勳檢察官再次瞪大了眼睛，從座位上跳了起來。

「不行啊！」

一支沾有熱咖啡的茶匙飛了過去，砸中張東勳檢察官的額頭後，彈到地板上。頓時鴉雀無聲，空氣中只有茶匙在地板上滾動的雜音。

額頭被茶匙打中後，張東勳檢察官便僵在原地。高層官員則端起杯子，喝了口咖啡，再次將茶杯放回桌上。

「檢察官，你竟敢對議員大小聲？你哪位啊？」

他的語氣並不是特別惱怒或煩躁，就只是沒把張東勳檢察官當回事而已。

「我是九岩市地方檢察廳的張東勳檢察官。」

張東勳檢察官微微轉過身，再次彎下腰向高層官員鞠躬。再次將情緒埋藏在內心深處。

「檢察官，你沒把我放在眼裡是不是？」

「不是的。」

張東勳檢察官不敢挺起腰桿。

「但是，我就坐在這裡，你卻敢對議員大小聲？」

「對不起，是我一時激動。」

高層官員再次端起杯子，喝了口咖啡。

「你對政治有興趣？」

「是的。」

「但是，你卻敢在我面前鬧事？」

「對不起。」

「算了，你起來吧。」

聽高層官員這麼一說，張東勳檢察官才敢站直身體。他皺起眉頭，表情又變得和屍體一樣冰冷。

高層官員端起茶杯，伸手示意張東勳檢察官就坐。張東勳檢察官立刻坐在椅子上，挺直了腰桿。

「檢察官，辛苦了。這個案子現在由我們處理，你就先休息一下吧。我很看好你。你有男子漢的爽朗，還能屈能伸，我非常欣賞你。而且，你的形象應該會在這次庭審當中提升不少。政治就是看形象啊，懂嗎？維護正義的檢察官！唉呀——太優秀了，第一印象很好。」

張東勳檢察官微微點頭，認真聽著高層官員的話。

「檢察官，給我張名片吧。」

張東勳檢察官馬上站起身，掏出皮夾，彎下腰用雙手遞上自己的名片。高層官員一手扯下了他的名片。

「好，我之後約個酒局，常聯絡啊。」

「好的，之後再去拜訪您。」

高層官員起身離開。房間裡只剩下張東勳檢察官和白議員，尷尬的沉默飄散在空氣中。白議員心酸地嘆著氣。他走向張東勳檢察官，並拍了拍對方的肩膀。

「我能怎麼辦呢？這是總統的意思……我也只能照做啊。」

張東勳檢察官無力地垂下了頭。他視白議員為父親，對方是他最依賴、最信任的人之一。他以為白議員一定會高喊著：「殺死李英煥。」和自己並肩作戰。他真心相信對方會站在自己這邊。白議員讓他有種被背叛的感覺，這種感覺就像支鋒利的長矛，深深刺進了張東勳檢察官的心裡。

「不過，你應該要贊成處死李英煥的啊……你寧可受盡辱罵也要讓死刑重啟，不就是為了這一刻嗎？」

白議員無話可說。他只是冷冷地嘆了口氣，拍拍對方的肩膀。張東勳檢察官面無表情地抬起了頭。

拋下情緒。釋放那如洪水般不斷襲來的情緒。把情緒埋藏在最深最深的某個地方。

「東勳，媽的……大哥對不起你。」

白議員的話還是讓張東勳檢察官相當挫折。他垂著悲傷的眼角，望著白議員。

「那你回答我一個問題。如果你是總統，你會救李英煥，還是殺李英煥？」

白議員點點頭，用力拍拍張東勳檢察官的肩膀後，便走了出去。這就是白議員的回答。張東勳檢察官並沒有留住對方。

心好酸。張東勳檢察官悲傷地嘆了口氣。他想起了小時候，在自己面前說要殺掉罪犯的白檢察官。心裡空空的。有多久沒有像現在這樣，壓抑不住自己的情緒了？高漲的情緒幾乎要將他淹沒。同時，李英煥在另一間休息室。他對面坐著一位身穿西裝的政務助理，朴在俊律師卻不見人影。助理把一袋文件放在桌上後，為李英煥倒了一杯熱茶。

「那麼，我以後會怎麼樣？」

李英煥一邊端詳助理的名片，一邊問了對方一個問題。

「李英煥先生，如判決所述，下週您可以親自動手術。我們這邊預計派出兩位工作人員，夠嗎？您有需要的話，都是能夠增派人力的。」

李英煥搖搖頭，表示不需要增派工作人員。工作人員越少，一開始要公開的醫療技術也就越少，以李英煥的立場來看，人員數越少是越有利的。反正只要手術成功就好。

「那麼，我簡單說明一下之後的計畫。明天早上八點開始接受手術對象的線上申請。手術前一天會選出兩位手術對象。接下來，我們會透過正當程序將他們運送到手術室，您第二天只要動手術即可。」

助理從西裝外套的內側口袋裡掏出一張名片遞給李英煥。這是SS集團企劃總部董事的名片。

「您的手術計畫若由政府獨自進行，會有一定程度的限制，所以這次我們將藉助SS集團的力量。手術室的搭建，手術設備與醫療用品的準備，以及手術對象的健康檢查等，皆由SS集團負責，您毋須付出任何代價或支付任何費用。」

說完後，助理便拿起桌上的文件袋。接著，從裡頭拿出了由四張紙訂成一份的文件遞給李英煥。

「我們將您的手術計畫書簡單整理成這份文件。閱讀後如果有任何問題，歡迎隨時提出。」

李英煥用戴著手銬的手接下對方遞過來的文件。

計畫書的第一頁是手術的準備程序。簡單記載了手術室的搭建、所需的手術設備與醫療道具，以及手術室的地點、手術室的組裝與設置方式等。此外，還註明了需要的人員。共有搭建組、運輸組、設置組、監督組、消毒組、警衛組、護理組等七個小組。

「為什麼會有護理組？手術必須由我一個人執行啊？」

「這個部分我來解釋一下，護理組只會負責執行您的手術準備工作，以及手術結束後的處理與手術對象的護送過程。您進行手術時，手術室裡不會有任何人。護理組一共五人，他們都是經驗豐富的護理師，您不需要擔心手術的準備狀況。」

李英煥點點頭，翻到下一頁。第二頁是手術對象的遴選方式與手術對象的運送、體檢、管理等相關內容。

「請問您有無法治癒的特殊疾病嗎？」

助理的問題讓李英煥相當不悅，他瞪了對方一眼後，又讀起了手術計畫書。

「除了心理疾病以外，我連死人都能救活。」

李英煥翻到下一頁。接著，他又翻了一頁，直接閱讀計畫書的最後一部分。手術結束後，手術對象的運送、李英煥的移送、手術室的拆除與處理過程等，都搭配了簡潔的圖片做說明。李英煥讀完後，便將手中的手術計畫書放回桌上。

「如果手術成功，我會怎麼樣？」

李英煥提出了自己最好奇的問題。助理將李英煥放下的手術計畫書裝進文件袋，並回答了這個問題。

「若手術成功，您會先離開目前的看守所，被移送到其他地方。地點目前尚未決定，所以我也無可奉告，但一定會比待在看守所裡舒適許多。而且，依您所發表的所有條件來看，我們雙方應該還有很多需要討論的地方。無論如何，總統最後都會下令特赦您的。但是，我們也有很多事情需要處理。手術成功後，還有特赦相關的社會與外交問題要解決，赦免可能會需要一些時間。這一點您多少要考慮進去。」

李英煥噗哧一笑，接著仰起頭，開始放聲大笑。助理從文件袋裡拿出另一疊紙，和掛在他西裝外套胸前口袋的高級鋼珠筆一起放在桌上。

「這是手術合約，讀完後請簽個名。」

聽見助理的話後，李英煥再次豎直了脖子，笑聲也慢慢停止。助理恭敬地指了指合約書。

「有任何問題請隨時提出。」

李英煥瞬間收起笑意，拿起合約書仔細閱讀。第一頁是合約，內容為「政府將遵守李英煥的條件，李英煥也將同意政府的條件」。下一頁是承諾書，內容為「萬一手術失敗，或是兩位手術對象發生任何問題，李英煥將承擔所有責任」。接著翻到下一頁。內容包括「所有費用將由政府與SS集團共同支付」以及其他無關緊要的東西。

「這已經很完整了。」

李英煥將助理遞上的鋼珠筆筆蓋打開。接著，把合約書翻回第一頁，一字不漏地重新閱讀一遍後，便簽了字。

「都簽好了。」

李英煥把鋼珠筆與手術合約書遞給助理。助理逐頁翻閱著對方遞上的合約書，檢查是否有漏簽的地方。確認沒有漏簽與誤簽的狀況後，助理便將簽過名的合約書放回文件袋，接著，將鋼珠筆也插進胸前口袋。

「李英煥先生，往後在看守所發生任何狀況，或是有什麼建議，都可以隨時撥打名片上的電話找我。只要跟看守所的獄警說一聲，您就可以自由地使用電話。」

助理站起身，禮貌地向李英煥告別後，便離開了。接著，在外頭待命的警察進入休息室，帶走了李英煥。現在，該是向世界證明自己的能力，拯救人類的時候了。

李英煥第二次庭審結束當日的下午六點，政府召開了正式記者會。方才與李英煥在一起的政務助理站在記者會的講臺上，現身在鏡頭前。他向全國人民打過招呼後，記者會便開始了。開場白是韓國政府目前的方向，以及法律問題、倫理問題等種種內容。為了國家、社會，以及人類的利益……

助理不斷說著如週一晨間校長訓話般無趣的的發言。民眾看政府的記者會可不是為了聽這些枯燥的東西。開場白結束後，總算要開始討論李英煥的手術了。

「下週手術對象的申請時間為明天八點到下週一的二十三點五十九分。申請途徑只有政府架設的官方網站，該網站預計於明天的七點五十分開放。所有擁有韓國國籍的韓國人民都可以提出申請。只要在官方網站上輸入姓名與身分證字號，並選擇已確診的疾病名稱，即可提出申請。我們將選出男女各一位，共兩位手術對象。每人可申請一次，政府將在下週二私下聯絡獲選的手術對象。詳細內容請參考政府官方網站。以上。」

〔快報〕反對李英煥手術的聲浪不斷……聯合國：「這是人類史上最大汙點」

〔快報〕本月N日，李英煥在二審中得到了「進行手術」的判決，許多民眾對此感到憤怒。二審當天，全國就有超過三百萬人參與了「取消李英煥手術判決」的國民請願活動。

政府答應了在人體實驗中殺害兩百二十三人的殺人魔所提出的要求，目前批評聲浪已達到頂峰。反對李英煥進行手術的民眾將從明天開始舉行大規模示威……

…

聯合國人權理事會最高負責人公開批評韓國政府，聲稱韓國政府此次的判斷是最愚蠢的道德汙點。

今夜上週新聞 akwlake@dlfRk.com

第六章

暴風前夜

李英煥被警察帶到法庭外後，遇到了一個穿西裝的男人。朴在俊律師也急忙跟著李英煥走出法庭，卻被兩名保鑣攔住了去路。

「我是李英煥的辯護律師。請放手！」

朴在俊律師眉頭緊皺，對攔著自己的保鑣大聲吼叫。接著，他再次試圖追上李英煥，但保鑣卻依然動也不動地擋著他的去路。

「除了李英煥先生以外，誰也不能過去。請回吧。」

保鑣操著低沉的重低音，並推開了他。

朴在俊律師目前是李英煥的合法辯護律師，這意味著沒有人能阻止他接近李英煥。他盡全力用身體衝撞保鑣，卻在身體被彈回來時倒在地上。

朴在俊律師一屁股跌在地上，手扶著腰，站都站不起來。看他的表情，腰部似乎非常痛。其中一名保鑣向坐在地板上喊痛的朴在俊律師伸出手，試圖把人扶起來。朴在俊律師趁機抓住保鑣的手臂，把對方拉倒在地，接著便朝李英煥奔去。不過，他當場就被另一名保鑣抓住了。

「王八蛋！放開我！」

朴在俊律師的腰部被保鑣箝制住，如落網的獵物般掙扎著。

「李英煥先生！你得把我也帶去啊！」

朴在俊律師對著西裝男與李英煥離去的背影放聲大吼。李英煥並沒有因為他的呼喚而回頭。一旁的西裝男充耳不聞，就像是聾了一樣。西裝男跟李英煥說了幾句話之後，李英煥便嚴肅地點了點頭。

朴在俊律師咬著牙，瘋狂地掙扎，腰部卻被保鑣緊緊箝制住，動彈不得。保鑣將他推到牆上，抓住手臂往背後折。

「李英煥！求你救救我女兒！」

完全被壓制住的朴在俊律師發出了淒涼的吶喊，聲聲迴盪在法庭的走廊上。他不斷呼喊著，喊得聲嘶力竭，卻沒有一個人在乎。李英煥和西裝男就這樣徹底消失在他眼前。

「李英煥！」

朴在俊律師就這樣被保鑣拖出了法院。他先上了自己的車，想到自己悲慘地被李英煥拋棄，他一頭撞在方向盤上，嘶吼了起來。不過，一切還很難說，說不定李英煥還會再來找自己。他調整好心情，靜靜等著李英煥。

朴在俊律師將手機安裝在車子的方向盤上方，他認為西裝男也許會打電話給自己。接著，有人打來了。不過，這通電話是妻子打來的。她一定和病房裡的眾人一起透過電視觀看著李英煥的二審。當李英煥的手術判決宣讀時，病房裡的氣氛想必會變成歡聲雷動的慶典。但是，他怎麼能告訴妻子，自己已經被李英煥拋棄了呢？正當他還在猶豫的時候，電話掛斷了。過了一會，電話又來了。朴在俊律師緊閉雙眼，再次撞向方向盤。他根本不敢接聽妻子的電話。

不知不覺，已經傍晚六點了。別說是李英煥，連西裝男都不見蹤影。朴在俊律師用手機觀看著剛開場的政府記者會，先前與李英煥一同離開的西裝男就站在講臺上。朴在俊律師將手機音量調到最大，扔在副駕駛座上。接著，他粗魯地將車子駛離法院，開往看守所。李英煥與西裝男已經談完了，他現在就在看守所。

〔政府將在下週二私下聯絡獲選的手術對象。詳細內容請參考政府官方網站。以上。〕

政府記者會結束了。朴在俊的怒火一發不可收拾。他氣得渾身發燙，白眼都要翻到後腦杓了。一抵達看守所，他便下車衝進了大樓。

「不好意思，您不能見李英煥先生。」

獄警擋住朴在俊律師的去路後，草草鞠了個躬。朴在俊律師瞪著獄警，一副要殺了對方的樣子。他把滿口髒話全都憋在肚子裡，氣得額冒青筋，咬牙切齒，理智線也漸漸鬆動。

「我是李英煥的律師，為什麼我不能見他？」

朴在俊律師從緊咬的牙縫中吐出了這句話。

「李英煥先生拒絕見您。」

獄警的話讓他腦袋瞬間爆炸。他緊閉雙眼，發出一聲慘叫，就像是肚子被捅了一刀似的。

「媽的！」

他整個人靜不下來，四處踱著步，此時，他突然與獄警四目相交。按捺不住的憤怒蒙蔽了雙眼。

朴在俊律師被幾名獄警拖出了看守所。他的右臉被獄警打腫，鼻子裡冒出了淡淡的血水。還沒能大鬧一場，就被制伏了。他隨手擦掉鼻子裡冒出的淡淡血水，大步走回車上。

電話響了，依然是妻子打來的。但是，他沒有勇氣接。現在的處境讓他鬱悶至極，怒火中燒，眼淚都快掉出來了。他重重地嘆了口氣，埋怨著這個世界。

他束手無策，女兒卻已命在旦夕。不行……就算把李英煥綁來拷問，也要把女兒救活。任何方法都得嘗試。

距離手術還有七天。

醫師與身心障礙者福利基金會大罷工

自本月N日起，全國四家大醫院與一千六百多名醫生，以及身心障礙者福利基金會，為反對李英煥二審判決展開大規模罷工。

理應樂見李英煥醫療技術公開的職別，目前卻展開了大罷工。此舉引起了許多民眾的批判……

大韓醫師協會目前尚未針對罷工發表任何立場，但政府已發出警告，若罷工持續到N＋三日，可能會遭到法律制裁。

・ ・

一月初記者 dlrjakwlakr@dlswnf.com

手術申請官方網站已於昨日上線，朴在俊律師當然也提交了女兒的手術申請。未成年者或無法自行申請者，可由監護人代為申請。他還沒和妻子通過電話，只傳了「我已經申請手術了，晚點打給妳」這則訊息給她。朴在俊律師也很清楚自己的行為實在是又孬又蠢，但他還是沒有勇氣打電話給妻子。女兒的時間已經不多了。不用誰來告訴他，朴在俊律師自己是最清楚的。

朴在俊律師只穿著內衣褲，像死人一樣倒在飯店的床上。頭很暈，胃在翻騰。平時總是放著公事包的辦公桌，現在只有八個燒酒瓶散亂地佇立著。少了蓋子的水瓶滾落在冰箱前，嘔吐物灑落在地板上。

為了見上李英煥一面，他無所不用其極，最終卻還是沒能見到他。女兒已命在旦夕，能救她的李英煥卻拋下了自己。他覺得自己既可悲又無能，這種想法正在啃噬著他的精神與肉體。他怨恨這個世界。所有的不幸全都降臨在他身上。他被詛咒了。

朴在俊律師呢喃著女兒的名字。還開著的電視，聲音大到刺痛了耳朵。新聞節目開始了，他勉強轉過頭來看。失焦的眼睛和嘴巴上，沾著嘔吐物的殘渣。電視裡傳來主播說話的聲音，他卻都當成了耳邊風。

一名男性在反對李英煥手術的示威過程中，於街頭自焚身亡。他是李英煥案的被害者家屬——一位塵肺症患者。朴在俊律師聽見新聞中這簡短的一句話後，腦海中浮現了一個人。那個男人的臉在他眼前晃動。他用腳踹那男人的畫面，就像影片般歷歷在目。那男人似乎非常痛苦，發出了喪屍般的呻吟。新聞節目開始播放下一則消息。反對李英煥手術的團體發起了大規模的暴力示威活動。公車和小客車被砸毀，防暴警察將示威民眾制伏在地，用棍棒加以毆打。一顆飛到李英煥二審法院門口的汽油彈爆炸了。頓時火焰飛揚，旗幟朝天空飄去。建築物的玻璃窗被打破，人們邊尖叫邊奔跑著。病患遭到圍毆。一名患有丹迪沃克症候群的兒童因為被捲進示威而死亡。主播臉色陰鬱地說，光是重傷者就有二十四名。朴在俊律師漸漸閉上雙眼，昏睡了過去。

距離手術還有五天。

今天是上班日，張東勳檢察官卻待在家，沒去上班。檢察廳強迫他休假。不過，他並不能因為沒事幹就出去玩。因為一出門，就會被一大堆人認出來。正如這位高層官員所說，民眾為他在法庭上所展現的熱血正義感所著迷；媒體則稱讚他是正義的勇士。張東勳檢察官一生自詡為勇士，但是當媒體稱讚自己為勇士時，他反而非常不舒服。

他邊吃小番茄邊看著新聞。所有被害者的照片都在電視上公開了，憎恨李英煥的人數成等比級數增加。但是，李英煥的醫療技術已成為既定事實。要是照現在的情況發展下去，李英煥的罪就會得到赦免，成為人類的救星。新聞中正好播放著專家針對「李英煥的醫療技術完全公開後，社會將發生的變化」所進行的預測。

專家在畫面中展示出一張表格，列出了李英煥公開醫療技術後，即將消失的職業。該表格上顯示，所有以醫療福利為中心的職業都會消失。當包括殘疾在內的所有疾病都可以立即治癒，便不再有人需要醫療福利和社會服務；當老年人不再出現因痴呆症或老化所導致的嚴重健康問題，大部分與老人福利相關的職業便會消失。而公益團體、志工團體等，也將減少到近乎滅絕。若是所有疾病都可以用非常低的費用接受治療，便沒有必要捐款給貧困的病患了。有一則報導可以支持這位專家的意見。近期，贊成李英煥死刑聯盟的會員名單被公開。名單上有大量隸屬於韓國公益團體、志工團體、社福團體的人員。此外，全韓國最大的老人福利公司甚至還贊助了贊成李英煥死刑聯盟巨額資金。

專家拿出另一張表格，並展示在畫面上。這是護理人員縮減與許多醫療部門因合併而消失或縮減的表格。他認為，除了預料之外的重症或內外傷意外，大部分重症都能夠當天治療，當天手術，當天出院，護理人員將因此而大幅縮減。只需一位外科醫生就足以進行手術。光以癌症治療來看，所謂知名的抗癌治療都將消失。迄今為止所研究出來的所有癌症治療技術都將被拋棄，取而代之的是李英煥的醫療技術。所有醫師畢生學習的醫療知識都將被否定，必須重新學習李英煥的醫療技術。醫生再也賺不了大錢。因為李英煥的醫療技術不能作為個人營利使用。專家又拿出了一張表格。眼鏡、助聽器、輪椅即將消失……

張東勳檢察官關掉電視，走進自己房間，坐在辦公桌前的椅子上。接著，他叼起一根香菸。一切都快結束了。香菸的煙霧裊裊升起。

距離手術還有三天。

第七章

兩斷的證明

죽음의 꽃

眾所期待的星期三到了。兩名被選中的手術對象已送至ＳＳ集團醫院等候手術。李英煥今天的手術地點是位於水原的一個廣闊平原。

負責保護總統的韓國頂級警衛團隊從清晨起便駐守在平原上，進行嚴密戒備。接著，載著巨大白色貨櫃的五輛卡車和兩輛大型巴士駛入了平原。白色貨櫃上除了ＳＳ集團和韓國政府的標誌外，還各印了一至五的編號。這就是ＳＳ集團特製的設置用手術室貨櫃。

貨櫃車停在手術室的設置地點。五分鐘後，負責將貨櫃搬下卡車的重型設備也抵達平原了。設置組立即走下巴士，開始在欲設置手術室的地面上鋪橡膠板。這是一塊寬十公尺、長五十公尺的超大型橡膠板。橡膠板安裝完成後，重型設備將貨櫃依編號順序垂直排列在橡膠板上。工作人員在監督組的管控下，微調每個貨櫃的位置，排列成分毫不差的完美隊列後，便開始組裝貨櫃。貨櫃組裝完畢後，裝有李英煥要求的醫療器具與各式藥品的箱子便馬上進入了貨櫃。當貨櫃內部的準備工作也通通完成後，透明的橡膠筒便以圓頂狀包覆了整個貨櫃。目前的狀態是巨大的透明圓頂中，放置了長型的貨櫃。接著，消毒組進入橡膠筒，將整個橡膠筒與貨櫃清潔得一塵不染。

手術開始前三個小時，由五名資深護理師組成的護理組與兩名警衛進入了橡膠筒，在搭建好的簡易帳篷內換上防塵衣，並接受全身消毒。接著，他們便進入貨櫃，開始手術準備工作。

手術開始前兩小時，經政府授權的兩名攝影師抵達平原。他們將不間斷地拍攝從李英煥手術結束，到手術對象體檢結果出爐的過程，並播放出去。此外，距離手術貨櫃兩百公尺處，還安裝了一臺韓國代表電視臺的攝影機，將從現在開始轉播平原的狀況。以上是李英煥允許拍攝的部分。一名護理組成員從貨櫃內走了出來，示意手術已準備就緒。

手術開始前一小時，載著手術對象的車輛，在左右兩輛車的護送之下抵達平原。

姓名：魏藝珠／性別：女／年齡：56／病名：糖尿病、高血壓、未分化甲狀腺癌

姓名：金範／性別：男／年齡：09／病名：兒童惡性腦瘤

手術對象的簡單個人資訊和疾病名稱顯示在電視螢幕上。兩位主播坐在臺前，轉播著手術的準備進度。同時警告民眾，除了工作人員以外，只要接近平原，便有可能會受到法律制裁。

手術開始前五十分鐘，抵達平原的手術對象進入橡膠筒中，在簡易帳

篷內換上手術服。兩人換上手術服後，走出帳篷與護理師交談的畫面被捕捉了下來，但交談內容則無從得知。手術對象聽完護理師的話後，便點了點頭，進入了貨櫃。主播舉起了畫著貨櫃內部簡圖的板子說，一號貨櫃就是手術對象和李英煥進行全身消毒的地方。

手術開始前二十分鐘，一輛警用囚車駛入平原。李英煥到了。車輛在橡膠筒入口處停下來後，李英煥便下了車。警員鬆開手銬，讓李英煥走進橡膠筒。他進入帳篷後，立刻與護理師面對面交談，並沒有換衣服。佩戴手銬似乎讓手腕不太舒服，他不斷轉動著手腕。李英煥對護理師點點頭表示理解，接著便和護理師一起進入了貨櫃。

李英煥進入貨櫃後，按照護理師的指示脫下囚服和內衣褲，靜靜地站著。接著，提前進入貨櫃的兩位警衛中，一位在檢查李英煥的身體，另一位則拿出三節棍站在李英煥對面。一號貨櫃的左邊牆面上有兩個螢幕。右邊螢幕顯示的是魏藝珠的個人資料、病名，和注意事項；左邊螢幕顯示的則是金範的個人資料、病名，和注意事項。

通過身體檢查的李英煥在接受全身消毒後，才穿上護理師遞上的已消毒內衣和短袖T恤。接著，他開始閱讀螢幕上顯示的手術對象病名與注意事項。

換好衣服的李英煥與護理組一起進入二號貨櫃。在設置好的水槽裡將雙手刷乾淨後，護理師便為他穿上手術袍，戴上口罩與手術用手套。接下來，他前往三號貨櫃，在手術開始前進行最後檢查。

護理師負責確認李英煥動手術時所需要的一切是否已就緒，並再次讓他熟記手術對象的病名和注意事項。李英煥發出信號示意護理師，目前的一切都很完美。收到信號的護理師轉身對貨櫃內的所有人員大聲宣布——

「全體離開。包括警衛！」

李英煥站在三號和四號貨櫃的交界處。在護理組和警衛完全離開貨櫃之前，他不會採取任何行動。合約中有一項條件是——如果有手術對象與李英煥以外的人員在手術過程中進入貨櫃，他有權中止進行中的手術。

當李英煥和手術對象以外的所有人都離開貨櫃後，貨櫃的入口便緊緊關上了。李英煥這才轉過身，邁開腳步走進四號貨櫃。

我鄭重宣誓，畢生獻身人道服務。

他又向前走了一步。遠方有兩張手術臺映入眼簾。

我感激尊敬恩師。

他往深處走去。漸漸感受到手術室裡的冷空氣。

我本著良心與尊嚴行醫。

他走進四號貨櫃的一半。在腦海中複習著手術計畫。一切都很完美。

病患的健康生命是我首要顧念。

這裡很安靜。非常有利於保持專注。

我必嚴守病患寄託予我的祕密。

預計手術時間約兩小時。他一邊伸展，一邊放鬆身體的肌肉。

我必盡力維護醫界名譽及高尚傳統。

這是四號貨櫃的底部。他看見了穿著手術服躺在手術臺上的兩人。

我以同事為兄弟。

進入五號貨櫃後，他環顧整個手術室。

我對病患負責，不因任何宗教、國籍、種族、政治或地位不同而有所差別。

這裡有他向政府索取的所有手術用具與醫療用品。他們準備的比想像中充足。

生命從受胎時起，即為至高無上的尊嚴。

他的腳步停留在接受麻醉後，躺在手術臺上的患者身旁。他不需要任何人的幫助。

即使面臨威脅，我的醫學知識也不與人道相違。

他拿起了一把手術刀。久違的重量感。

我將拯救人類。

李英煥的手術開始了。貨櫃外，護理組與兩名警衛聚集在橡膠筒的角落裡坐著，他們必須在橡膠筒裡等待李英煥完成手術。其他人員全都待在大型巴士上。警衛組的人員遍布了整個平原，他們始終維持在警戒狀態，以防止任何人靠近平原。手術結束後，即將護送手術對象到SS集團醫院的救護車也已經抵達平原，停在大型巴士的旁邊。

手術開始一小時五十五分鐘後，李英煥走出貨櫃，脫下手術袍。他將沾滿鮮血的手術手套摘下，與使用過的口罩一起扔在地上。接著，他將雙手背在身後，臥倒在地。橡膠筒內的兩名警衛為臥倒在地的李英煥戴上手銬，並將他帶向橡膠筒外的囚車。接下來，開始拍攝的兩位攝影師進入了橡膠筒。完成手術後的手術對象與攝影機一起被送往SS集團醫院。術後不到一小時，他們已經行動自如，沒有任何不便之處，目前正在進行精密檢查。距離檢查結果出爐還有很長一段時間，但李英煥的手術已經完美結束。正如先前所述，李英煥的手術絕對不會失敗。

李英煥手術當天，時間依然沒有停止，月亮照常升起。張東勳檢察官平安下班後，久違地造訪了哥哥家。他們簡單問好後，便一起坐在沙發上談天說地。電視上出現了接受李英煥手術的魏藝珠與金範的檢查報告。兩人身上的所有疾病，都已完全消失。李英煥手術成功，這是證明他的醫療技術真實存在的歷史性時刻。

「哥，你對李英煥有什麼想法？」

張東勳檢察官漫不經心地丟出了一個問題。然而，哥哥只是默默看著電視，並沒有理會這個問題。魏藝珠一邊號啕大哭一邊接受採訪。表面上說是採訪，其實只是在展示她大聲痛哭的畫面。接下來，李英煥就能夠被寬恕，並拯救世界了。即便他在那慘不忍睹的殘酷人體實驗中，殺害了兩百二十三個人。

「媽的，回答我啊……如果是你，應該會選擇殺李英煥吧？」

哥哥始終沒有理會他的問題。電視裡傳出的醫院現場聲音十分嘈雜，聽起來就像是在回答他一樣。

「你和我是一起經歷了那件可怕的事情後，才當上法官和檢察官的，你可不能這樣啊。」

「應該救他啊。」

哥哥簡短地說了這句話後，便從沙發上起身，往廚房走去。接著，他打開冰箱，拿出了一瓶燒酒。

「東勳，要不要來杯燒酒？」

張東勳檢察官皺起眉頭，閉上了眼睛。他並沒有回答對方的問題。哥哥拿了一個燒酒杯，再次坐回張東勳檢察官身邊。他轉開瓶蓋，將燒酒倒入杯中。兩兄弟無言以對。哥哥喝了杯燒酒，弟弟嘆了口氣。

張東勳檢察官睜開眼睛，站起身來。接著，他拿起掛在沙發扶手上的西裝外套，往玄關走去。

「你要去哪裡？」

哥哥一邊說著，一邊在空燒酒杯裡斟滿了酒。

「回家啊，一切都結束了。」

張東勳檢察官放鬆了眉頭，表情平靜地穿上外套。哥哥隨意擺擺手，打發弟弟離開。他並沒有送對方出去。

第八章

必然的命運

죽음의 꽃

命運，是人類無法逃避的決定。

朴在俊律師坐在冰冷的醫院地板上。他身上散發著一股淡淡的酒味。眼神迷離，沒有焦距，就像一條即將死去的老魚。無力微張的口中滲出了唾液，順著嘴唇滴下。一滴冰涼的淚也沿著臉頰流下。現在的他已經徹底失了神。什麼也看不見。什麼也聽不見。他用力緊閉雙眼。用力到眼球發疼。接著，他再次睜開雙眼。就這樣重複著劇烈的眨眼動作。他不敢相信自己所面對的現實。

今天是星期三，朴在俊律師的女兒去世了。

李英煥手術當天，有人逃出死亡的魔掌，得到了拯救；也有人沒能逃過死亡的宿命。這算哪門子命運的玩笑？

朴在俊律師不能理解自己現在的情緒，那是一種複雜且純粹的原始情緒。是極度憤怒？還是極度悲傷？那是什麼？他覺得一陣噁心。好像隨時都會吐出來。逐漸消融的意識陷入了飄渺的深淵。

「媽的……媽的……媽的……」

他每吐出一口氣，都無意識地夾雜著咒罵。李英煥有能力救活女兒。只要自己沒有被拋棄，女兒就能活下來。大家可以幸福地生活在一起。和其他家庭一樣……和普通家庭一樣……

醫生與護理師忙進忙出的。朴在俊律師抬起頭。護理師正在卸除連接女兒身上的醫療器具。朴在俊律師抓住某人的腿，抬起身來。女兒閉著眼睛，躺在白色的病床上。沒有一絲呼吸聲。沒有任何動靜。

女兒已經死了。

有個人在朴在俊律師耳邊低語。他閉上眼睛，胡亂搖著頭。似乎有個人進入了他的腦海。他從以前就有這種感覺，但現在是確實有東西進來了。再次睜開眼睛時，他看到一位護理師正在拔女兒的氧氣管。他下意識地抓住了護理師的手腕，護理師驚恐地瞪著他。

「拔掉這個，我女兒要怎麼呼吸？」

朴在俊律師滿臉茫然地吐出了這句無力的話。護理師愣了一下，但還是很誠實地回答了他的問題，畢竟這種狀況相當常見。然而，朴在俊律師卻聽不懂護士的話。

「可是，拔掉這個，我女兒就不能呼吸了啊？」

那是小孩子純潔無瑕的語氣。護理師身邊的醫生再次向他說明了情況。朴在俊律師朝那位醫生擺了擺手，激烈地表示自己現在什麼都不想聽。當他轉身邁出步伐時，有個東西絆住了他的腳尖。那是妻子的肩膀。

她哭得非常傷心，流下的淚在醫院地板上積成了一攤水。他的耳朵這才聽見妻子的哭聲，聲音大到讓他不想聽下去。他皺起了眉頭，雙手開始顫抖。他拋下哭泣的妻子，踉踉蹌蹌地走出加護病房。

加護病房外，是漆成白色的潔淨走廊。這裡實在太安寧了，連死亡的哭聲都聽不見。朴在俊律師現在無法理解自己發生了什麼事。準確來說，是無法接受。只要李英煥幫忙動手術，女兒就可以活下來。只要張東勳檢察官把李英煥的醫療技術告訴自己……警方一定握有李英煥的醫療技術。

「不……」

朴在俊律師跌坐在原地，止不住地苦笑著。

他放棄了。女兒已經死了。一切都結束了。她本來就難逃一死。現在，就算李英煥能拯救人類，就算警方握有李英煥的醫療技術，都無所謂了。他接受了自己的命運。冰冷的淚隨著一聲心死的嘆息流下，隱忍許久的眼淚一下子全湧了出來，悲傷的哭聲無法停歇。現在，就算有人看到自己哭泣的樣子，也無所謂了。

朴在俊律師哭了。放聲大哭著。瘋狂大哭著。彷彿是恨不得讓人聽見似的。

朴在俊律師在洗手臺洗臉，水龍頭為了流出最涼的水而低垂著頭。他雙手盛滿冰冷的水，將臉浸入了水中。屏住呼吸，直到憋不住才將臉移開。他在醫院走廊裡哭了大約十五分鐘。哭到頭疼，聲音沙啞。不過，在放肆哭泣的同時，他釋放了一切，頭腦也多少清醒了些。

他看著洗手臺的鏡子。眼睛腫得像是被棍子打過一樣，眼球布滿了血絲。頭髮也慘不忍睹。頭頂凌亂無比，瀏海被水打溼，一束束地貼在額頭上。朴在俊律師甩甩溼漉漉的頭髮，走出廁所，在走廊裡站了一會兒。左邊就是加護病房，但是，他沒有勇氣走進去。他依然不時地想起女兒，心痛不已。他慢慢調整自己的呼吸，選擇先往醫院外頭的吸菸區走去。

吸菸區裡，有個身穿病人服，打著點滴的中年男子，正獨自一人抽著菸。朴在俊律師朝他身旁走去。

「先生，借支菸吧。」

中年男子用異樣的眼光上下打量著朴在俊律師。看此人肩膀下垂，雙眼布滿血絲，還從加護病房方向的門走出來，他就大概瞭解對方處境了。

男子從病人服口袋裡掏出一包菸。接著，從盒子裡拿出一根菸和一個打火機遞給他。朴在俊律師接過香菸與打火機，坐在吸菸區的長椅上點燃了香菸。他以前是會抽菸的。他在部隊裡學會了抽菸，一天要抽超過一包。在認識老婆到開始戀愛的過程中，他逐漸減少了每天的菸量，女兒出生後，他就徹底戒菸了。

他將打火機還給男子。接著，吸了一口點燃的香菸。紙張和菸草發出了燃燒的聲音，同時，他又是頭暈，又是咳嗽。他已經幾乎十年沒抽菸了。男子小心翼翼地坐到朴在俊律師身邊，陪著他一起抽。

「那是……那個……您是律師對吧？您有上過電視？」

朴在俊律師點點頭，再抽了一口菸。此時，又有人在他耳邊低語。

李英煥那個混蛋，還是該死。

朴在俊律師又點了點頭。

一切都結束了。不知道為什麼，他感到如釋重負。一陣茫然之後，他開始後悔。早知道就多陪陪女兒，別去當李英煥的律師……他想到女兒喜歡的食物；他憶起女兒喜歡的漫畫；他想起了那些快樂的時刻，眼淚又不斷地流了下來。

他手裡夾著一根菸，哭喊著女兒的名字。她一定去了更美好的地方。在那裡做自己想做的事，過幸福的日子。

第九章

勇士的宿命

죽음의 꽃

「你他媽休想無罪釋放。如果你被赦免，被放出去，我會親手殺了你，所以你大可不用擔心。放輕鬆就好，我自己會想辦法殺你。」

這是個秋意盎然的平凡夜晚。聽不見烏鴉不吉利的叫聲；也不落一滴陰鬱的雨。這個深夜裡，李英煥要和獄警一起前往律師接見室。如果現在來的人是朴在俊律師，兩人是一定見不到面的。現在還不能見他。但是，來者是張東勳檢察官。他會在這個時間點親自來到看守所，顯然有著不容忽視的理由。到達律師接見室之前，李英煥思考著張東勳檢察官為什麼會來找自己。然而他越深入去想，表情就越是凝重。

李英煥打開接見室的門，走了進去。張東勳檢察官坐在朴在俊律師常坐的座位上；李英煥則坐在自己的座位上。張東勳檢察官穿了套沒見過的黑色西裝，梳著前所未見的精緻髮型。桌上放了一包菸。他依然皺著眉頭，散發出的氛圍卻不一樣。該來的還是來了。

張東勳檢察官和李英煥面對互視，一句話也沒說。連句問候都沒有。沒來由的緊張感，讓指尖有些發麻。張東勳檢察官輕哼了一聲，打開桌上的菸盒，叼起一根菸。

「為什麼人們要忙著救你呢？」

「因為我是很重要的人哪。人們怕老後患病，怕父母受傷，擔心孩子不舒服。但是，我會將人類從這種沒有盡頭的痛苦中拯救出來。我絕對不能死啊。」

李英煥臉上掛著祥和的微笑。張東勳檢察官用菸盒裡的廉價打火機點燃了菸，吐出濃濃的煙霧。又是一陣寂靜。李英煥依然掛著微笑。張東勳檢察官皺著眉頭抽菸。他打從一開始就相信李英煥。但是，他也一直認為李英煥必須死。當然，現在也還是這麼想……

「張檢察官，我總有一天會被赦免，並公開醫療技術。而我殺掉的這兩百二十三人，他們的家屬以後都會生病，並透過我的醫療技術被完全治癒。他們會開心嗎？某種程度上，就像是死去的家人救了他們一樣呢。他們應該會開心吧？」

說完，李英煥噗哧一笑。張東勳檢察官的眉頭皺得更緊。菸，也快抽完了。

「混蛋都必須死。雖然我對這些人沒有私人的憎惡感，但犯了罪就必須付出代價。萬一那些人沒有受到制裁，還安然無恙地出來，我身為一個勇士，該怎麼做呢？李英煥先生……」

張東勳檢察官沒有再說下去。他把最後一口煙含在口中，望著李英煥。李英煥閉上了嘴，只是笑著。張東勳檢察官把抽完的菸頭扔在地上，又叼起了一根新的菸。接著，點上了火。

「我並不討厭李英煥這個人。我並不討厭在人體實驗中殺死兩百二十三人的罪犯李英煥。我並沒有受到任何傷害。但是，如果你安然無恙地活著離開，被你殺害的那些人，他們的家人該怎麼辦？他們必須眼睜睜地看著你被當成世界英雄。一定很想死吧？他們怎麼看得下去……在人體實驗中殺死自己家人的混蛋，竟然被推崇為拯救人類的神……」

張東勳檢察官突然咬緊了牙。話一說完，他便叼起點燃的菸，從桌子底下拿出一把菜刀。接著，把刀子放在桌上。李英煥長嘆了一口氣後，輕輕一笑。一切都在他意料之內。

「但是，要是殺了我，你不就跟那傢伙一樣了嗎？不，你比他更壞。有更多人會因為你含恨而死，不是嗎？『要不是張檢察官，我的孩子就能活下來，我的父母也能活下來……』會有更多人怨恨張檢察官啊。」

張東勳檢察官將抽到一半的香菸輕輕放在桌上。手中的刀，沾染了他千頭萬緒的眼神。李英煥靜靜地坐著，沒有任何動作。他絲毫沒有抗拒即將降臨在自己身上的命運。

「李英煥先生，你說我是比他更壞的王八蛋？我知道。所以，我也會去死的。」

聽見這句話後，李英煥看著張東勳檢察官的臉。這是他的眉間第一次沒擠出皺摺。他一點表情都沒有。這是張東勳檢察官在終結一切之前，所能給予的最後善意。

「李英煥先生，你抽菸嗎？」

李英煥含著笑意搖搖頭。他才不做抽菸這種事。張東勳檢察官拿著刀站起身來，緩緩邁開腳步。接著，他的腳步停駐在李英煥身邊，刀尖指向李英煥的頸部。李英煥輕輕閉上了眼睛。如果連最相信自己的人都反感到要殺了自己，他又能治癒誰？又要怎麼拯救人類？

「檢察官，我是不是生錯時代了？」

「不，是你的方法不對。」

聽到張東勳檢察官的答覆後，李英煥微笑著抬起下巴。他脆弱的頸部清晰可見。李英煥真的不是神。他無法抵抗死亡。

「張檢察官，如果你殺了我之後還活著，就到 00.1°，-00.2°……」

刀子刺穿了李英煥的皮肉，卡在他的喉嚨深處。張東勳檢察官知道自己現在的行為是錯誤的選擇。但是，他毫不猶豫地迅速拔出刀子，並再次刺向對方的喉嚨。李英煥的鮮血飛濺著，噴散在他的臉上。

李英煥抓住自己的脖子，從椅子上滑落在地。張東勳檢察官把刀子握得更緊，繼續朝他的頸部刺。他拉開李英煥環繞著頸部的手，用盡全身的力氣刺了下去。他不停地刺著，直到李英煥一動也不動，直到他停止呼吸，直到他死去。鮮紅的血濺得到處都是，濃重的血腥味瀰漫著。李英煥已經死了，整個人癱在地上，但張東勳檢察官仍不斷地刺著。李英煥的頭部劇烈地搖晃，像是下一秒就要從身上脫落似的。但是，張東勳檢察官又刺了三刀後，便停下了動作。

他喘著粗氣。李英煥的血像淚水一樣流淌在他的臉上。神的溫暖鮮血讓他覺得很不舒服。眼前就是李英煥的屍體。一切都結束了。一場即將改變人類史的大事件就這此劃下了句點。

他鬆了一口氣。他殺了神。放下手中的刀後，他走到桌邊，把方才擱置的菸叼在嘴裡。他相信李英煥。李英煥能治百病。李英煥是這世界需要的人。

張東勳檢察官利用死刑殺死了許多罪犯，卻從未感到後悔或內疚。就只是死了個該死的傢伙而已。但是，殺掉李英煥是正確的選擇嗎？不，他一點都不後悔。他做了對的事。他相信自己。殺死李英煥是他為被害者家屬所進行的最後報復。這是勇士的宿命。

最後，他深深吸了口菸，並把它放回桌上。接著，他拿起地上那把被血浸溼的刀，用刀尖對準自己的頸部。閉上眼睛，將刀尖抵著喉結。

我要對自己報仇。我必須死。

李英煥那個混蛋，還是該活下去。

第十章

拯救的悖論

죽음의 꽃

親手殺死李英煥那天，我最終還是沒死成。我的意思是，我沒能把刀刺進自己的喉嚨。

我很清楚，李英煥死了之後，會有多少人陷入絕望。這些人會怨恨我一輩子。因此，我必須死。但是，我沒辦法死得像個廢物。不管我的手臂多用力，抵在喉結上的刀子都文風不動。對死亡的極度恐懼支配了身體。

據說，李英煥的遺體是政府祕密處理的。屍體被火化後，骨灰被埋在某個地方。但是，沒有人相信李英煥過世的消息。案件負責檢察官突然造訪，並殺了被告這種事，確實令人難以置信。也有人懷疑，幾週前在談話節目上聲稱李英煥是情報局研究員的那名男子，或許所言不假。即便李英煥已經死了，李神教仍繼續盛行，並發展成一個更龐大的宗教。人們依然馬不停蹄地在全國各地尋找李英煥的醫療技術。

嗯……總之，我因謀殺罪而上了法庭。我上過很多次法庭，但這是我第一次坐在被告席上。一開庭，我便大聲請法官判我死刑。要是沒辦法自己去死，不如就讓法律殺了我。我本來希望能出現一個像我這樣的檢察官來把我殺了。但是，勇士般的檢察官並沒有出現，我最後被判了四十三年有期徒刑，鋃鐺入獄。

監獄裡也有很多病人和病人的家屬。除非到無人島去，否則全世界到處都有這樣的人。自從入獄的第一天起，我就被這些人打個半死。他們一邊凌虐我，一邊叨念著，要是李英煥還活著，他們的妻子或父親就能活下來。這些人自己明明也若無其事地對其他人做了十惡不赦的事。

即便每天都挨打，我也沒有反抗。我寧可就這樣被打死。我甚至還刻意把頭部或胸部挺出去給他們打。然而，人並沒有那麼容易死，連續兩週天天挨打後，我的左眼開始漸漸看不見了。我的眼睛裡充滿了血，但我沒有接受任何治療。因為我認為，如果眼睛充血化膿導致炎症加重，我就有可能會死。不知道這算不算幸運，我人沒死，只是左眼失明了。連續被打了兩個月之後，總算沒人要打我了。他們不再關心我，而我也開始適應這個爛監獄了。

我讓無數人的生命和希望化為泡影，但是，我在監獄裡過得很好。我和我曾經最想殺死的人，過著一樣的生活。或許是因為這樣，我非常討厭自己，好幾年都沒辦法照鏡子。外面有很多人因為我而垂死；有人失去了孩子，送走了父母；有人無助地等待死去的那一天；有人花費巨額金錢，強行延長生命；有人因身患殘疾而怨恨我。我必須死。

炳鍾來找我面會。他告訴我，社會已不再談論李英煥的事。大家都忘了李英煥。人們很忙，社會步調很快，沒有時間去糾結過去。李英煥已經變成了人們在酒桌上隨口提及的往事，或是被網路媒體拿來當成陰謀論的無聊話題。炳鍾還把李英煥案的被害者之一——李英煥之父——李秉錫的屍檢結果告訴了我。李英煥是在李秉錫死後開始實驗的。其實，李秉錫是由於拒絕接受癌症治療而在家中去世的，李英煥卻將他早已去世的父親變成了事件的被害者。而李秉錫的屍體也確實是被害者當中唯一沒有受到任何毀損的。不過，這個故事並不足以引起我的興趣。一切都已經結束了。

每天睡前，我都祈禱著自己第二天會死掉。我沒有特定的宗教信仰，但我仍一次次地向天空祈禱。在獄中生活第二百一十四天，我第一次鼓起勇氣嘗試自殺，但沒死成。接下來，我在第五百三十四天，再次嘗試自殺。我用刮鬍刀割腕，但還是活了下來。大動脈藏得遠比我想像中要深。後來，我的頭髮被剃光，也免不了被單獨囚禁的命運。儘管如此，我還是每天祈禱。求老天殺了我……

最後，十四年又多一點的時光過去了。在獄中度過了五千兩百一十三天，十二萬五千一百一十三小時。我依然活得好好的。我剛出獄，正在回家的路上。你問我是怎麼出獄的？我是因為獲判停止服刑而被釋放的。獲判停止服刑的原因有很多種，我是因為肺癌末期的關係，人脈這東西幫了我一個大忙。是白議員，他救了我。

漫長的十四年過去了，轉移到身體其他部位的末期癌症仍然無法根治。我終於要死了。但是，真的要死的時候，還是很害怕。我想活下去。卻又因為憎恨想活下去的自己而想去死。我不知道該怎麼辦。不，我真的很想活下去。我想起了自己過去用死刑殺死的那些混蛋，還有那些還在牢裡混吃等死的混蛋。他們必須死。我和那些混蛋是同一種人，所以我也必須死……

出獄的時候，我什麼感覺都沒有。我以為再次感受到自由會讓我有那麼點開心，但是，我並沒有任何感覺。就只是離開了監獄而已。少了我，社會運轉得非常順暢。我曾擔心會被人認出來，但這都只是瞎操心。別說是被認出來了，根本沒人多看我一眼。現在的我只是一個沒用的前科犯。

十四年沒回家了，家中像新房子一樣乾淨。這是因為昨天哥哥應我的要求請了清潔公司，把整個屋子打掃得乾乾淨淨。已經十四年沒感受到家的香氣了。一回到家，我就直接去浴室洗了個澡。短短的毛髮，用毛巾隨便拍幾下就乾了。我把毛巾櫃裡過期很久的乳液塗在臉上，接著便進了房間。我當檢察官時穿著的西裝已洗乾淨，掛在辦公桌前的椅子上。拜託哥哥幫我打掃屋子時，我也順便拜託他幫我洗了西裝。

我站在房間的全身鏡前，身穿西裝褲和白色短袖T恤。扣好了襯衫扣子，穿上夾克並整理領口。聽說得了癌症就會變瘦，當時剛好合身的西裝，現在就像是偷穿爸爸的衣服一樣，鬆鬆垮垮的。更嚴重的問題是，不過穿個西裝，我就已經呼吸困難了。我在方才掛西裝的椅子上坐了一會兒，隨之而來的是劇烈的咳嗽。靈魂都快被我咳出肉體了。就算只是待在原地不動也很吃力。回過神後，我起身打開書桌上的抽屜，裡頭放著檢察官徽章。我拂去檢察官徽章上的灰塵，將它別在西裝外套的右胸口袋。

「00.1°，-00.2°」這是李英煥臨終前說的最後一句話。這句話，我一刻也沒有忘記，就像是有人把它牢牢刺在我的腦海裡一樣。

一聽到「00.1°，-00.2°」，我就知道這些數字是什麼意思了。這是座標。但是，這是哪裡的座標呢？李英煥又為什麼要在臨死前把這個座標告訴我呢？去過那裡，我就不會殺李英煥嗎？在我入獄的十四年裡，這些問題一直困擾著我。而現在，我將要親自去尋找問題的答案。

我走到玄關穿上鞋子。好吃力，連呼吸都是那麼地吃力。我想活下去。不，我想死。我搖搖頭，甩開腦海中所有愚蠢的想法。現在，那些都不重要了。我用手機搜尋李英煥所說的座標。座標指向韓國的某個地方。

從九岩開車過去，花了六個小時左右。接著，我把車停在一個很深很深的樹林裡。我將標有李英煥提到的座標的地圖、幾個裝滿的水瓶、幾盒能量棒，以及一個輕便的速開帳篷放在登山包裡，背在肩上。我帶了很多水，背包非常重。過去能夠輕鬆拿著跑的重量，現在正狠狠壓著我的肩膀。不，「粉碎」這個動詞應該會更加貼切。就這樣，我開始尋找地圖上標示的那一點。我穿過了樹林，走在平地上。又穿過了樹林，爬上山。在山上，我每走三步，就得要坐下休息五分鐘以上。

我雙腿發麻，手臂酸痛。邊咳嗽，邊吐痰。咳出來的痰裡，混著暗紅色的血。但是，我還是站了起來，繼續在沒有路的山中行走著。身著西裝已經夠不便了，腳上甚至還穿了皮鞋，這身打扮讓走山路的難度倍增。太陽開始下山了，我還是沒有停下腳步。

我躺了一下子。你問我是不是在休息？不是的，我是在山路上滑倒了。但是我沒有力氣站起來，乾脆就直接躺著。夜幕已開始降臨，我也只能無奈地在此地過夜。

我從背包裡取出速開帳篷，並開始搭建。說是搭建，其實只是扔出去而已。我把那個重得離譜的背包扔進帳篷後，自己也走了進去，躺在背包旁邊。一顆尖銳的石頭刺著我的背部。然而，真正的問題並不是石頭，而是寒冷。雖然現在不是冬天，但太陽已經下山了，真的好冷。我把手塞在腋下，蜷曲著雙腿貼緊身體。即便如此，我的身體還是在顫抖。幸好，與寒冷抗爭了約莫四個小時後，我便不敵睏意，昏睡過去了。

難耐的寒冷將我從睡夢中驚醒。冰冷的手機螢幕告訴了我目前時間，上午五點三分。天已經開始亮了。我先坐起身，配著水快速吞下三支能量棒。全身疲憊不堪。我很想放棄，直接回家，可是就算死也得抵達那個地方。我把背包扔出帳篷，自己也走了出去。好不容易收拾好帳篷，裝進背包後，我又踏上了苦行之路。

後來，我又走了八個小時。即便一度瀕臨昏厥，我還是以不屈不撓的毅力撐了下去。我又在山上住了一晚。在寒冷中顫抖，昏睡後，太陽又升起了。隨手把能量棒塞進嘴裡後，我一直走，一直走，夕陽西下時，我終於走到了一間小木屋。與其說是小木屋，不如說是木板房。那是一棟用木板和廢料搭建的破房子。我朝那間房子走近。這種地方不可能會有房子。它百分之百是李英煥蓋的。我總算抵達了李英煥所說的「00.1°，-00.2°」。

距離木板房約五公尺處有個樹樁。我先走到樹樁旁坐下來，接著把粉碎我肩膀的這個爛背包放在一旁。我脫下了鞋子，也脫掉了襪子。腳上布滿了水泡。涼爽的自然風環繞著我的腳。腳上的疼痛消失後，我心情好多了。我把西裝外套也脫了下來，扔在襪子旁邊，接著從背包裡拿出喝到一半的水來解渴，同時仔細觀察李英煥的木板屋。這個木板屋沒有窗子。有一扇門能進入屋子，但並沒有鎖。

我坐在樹樁上，花了大約二十分鐘調整呼吸後，再次穿上剛才扔在一旁的外套，並站起身來。我以赤腳感受著青草和泥土的觸感，往木板屋門前走去。值得慶幸的是，一陣微風吹來，輕推著我的背，讓我充滿了新鮮的能量。我走到木板屋前，用手輕輕推開門，門唧咿一聲開到一半便停了下來。屋子裡一盞燈都沒有，什麼也看不見。我從外套內側口袋裡拿出手機，打開手電筒。我用力把半掩的門推開，緊貼著木板屋的門，用燈光照亮屋內。灰濛濛的飛塵中，有許多書架，就像是圖書館一樣。書架的每一格都放滿了厚厚的筆記本、資料夾，以及文件。我小心翼翼地走進屋子裡。一開門便映入眼簾的那些書架，就在我的面前。書架分為好幾格，每一格下方都貼著一張貼紙。我蹲下來，用燈光照亮書架右下角那一格下方的貼紙。

『Degenerative encephalopathy recovery（**退化性腦病變修復**）』

我用燈光照亮隔壁那格的貼紙。

『Brainstem control（**腦下垂體控制**）』

再照亮下一格。

『Genetic chromosome disease recovery Create（**遺傳染色體疾病修復生長**）』

再下一格。

『Acute cancer culture / metastasis（**急性癌細胞培養／轉移**）』

我看過了書架上所有的貼紙。全都是些看不懂的英文單字。接著，我從書架上拿出一份文件，並攤開來。裡頭是李英煥幫一位男性動手術的照片。我知道這個人是誰。他是兩百二十三名被害者中的其中一位。照片下方寫著一句用奇怪的英文單字組成的句子，我完全看不懂。不過，可以肯定的是，李英煥的醫療技術就寫在這份文件裡。

我站起身，拿著手機手電筒環顧整個房子。木板屋裡擺滿了書架，書架上則堆滿了文件和筆記本。這些全都是李英煥的醫療技術。某種神祕的能量包圍著我。這裡是唯一保存了李英煥所有醫療技術的地方。我走到下一個書架，看過了書架上的所有貼紙。接著，我看了一個又一個的書架。

『Cancer therapy Principle integration（**癌症治療原理整合**）』

找到了。李英煥完美的癌症治療技術就在這一格裡。這裡和其他地方一樣，堆滿了資料夾和筆記本。我隨即伸出手，打算把記載著癌症治療技術的資料夾和文件抽出來。下一秒，我停下伸出的手，開始思考。我明知道李英煥的醫學技術日後會把我救活，我還是殺了他。我沒有資格用他的醫療技術來治療癌症。但是，我想活下去。

為了整理在腦海裡爭執不下的兩種想法，我先往木板屋外走去。正當我走到敞開的門前，準備踏出去時，進入餘光的一個詞彙拉住了我。

『Raise Dead（復活）』

當「復活」這個詞彙進入我的視線，在腦海中消化完成的那一刻，所有的思考都停止了。在我腦海中爭執不下的愚蠢想法，全都煙消雲散。我下意識地抽出「復活」那一格裡的幾個資料夾，從木板屋裡走出來。接著，我坐在先前那個樹樁上，翻開其中一個「復活」資料夾。

『**Raise Dead（復活）**』

條件：手術對象不能死亡超過三小時。重要維生器官不能有嚴重損傷。手術對象不能有劇烈老化狀況。

性別：不拘

．．．

資料夾內，是李英煥為一名女性動手術的內容。我快速翻閱著資料夾內的文件，只大概看看照片。把最後一頁的照片也看完後，我闔上了資料夾。照片中的女性並不在那兩百二十三位被害者當中。嗯……無所謂。

我把讀完的資料夾扔在地上。一起帶出來的其他資料夾，我並沒有打開來看。我對復活一無所知，但是我知道，這種技術不能公諸於世。

我看著默默轉為黃昏的天空。這是一個翻遍全韓國也找不到的地方。不，可以說是根本找不到的地方。真不知道李英煥是怎麼在這裡搭建木板屋，積累這麼多醫學技術的。但是，如果對方是李英煥，我認為是有可能的。

我從西裝外套的內側口袋裡拿出一包菸。這包菸是全新的，連封膜都還沒拆。我撕開封膜，打開盒子，掏出一根香菸叼在嘴裡。我點燃了它，深吸了一口睽違十四年的菸。我感覺到進入肺部的煙霧瞬間擴散至我的全身。接著，我咳得撕心裂肺，吐出了鮮血。那強烈的痛楚，就像是有人把鐵鏽水倒進我的肺裡一樣。我眼神失焦，身體從樹椿上滑了下來。指間的菸已掉落在地，我雙手抓住胸口，在痛苦中扭動著身體。

我殺了李英煥。因此，能活下來的人死了；能不必患病的人病了。他們將會怨恨我，並在歧視和痛苦中活下去。所以，我必須死。

只要站起來走十步，就能得到治療我癌症的方法。能讓死人復活的醫療技術，甚至就擺在我的臉旁邊。我知道自己日後會生病。我也很清楚，李英煥可以治好我的病。但是，我還是選擇殺了李英煥。

「哈……李英煥先生……你還真是個王八蛋啊。」

說完這句話，我和李英煥一樣噗哧一笑。我撿起掉落在地上的菸，叼在嘴裡。

李英煥這個人，還是該……

嬉文化
死亡花
（原名：죽음의 꽃）

著者／李同建（이동건）
執行長／陳君平
榮譽發行人／黃鎮隆
協理／洪琇菁
總編輯／呂尚燁
美術總監／沙雲佩
美術編輯／方品舒
執行編輯／陳昭燕
文字校對／施亞蒨
國際版權／黃令歡、梁名儀
企劃宣傳／陳品萱
內文排版／謝青秀

出版／城邦文化事業股份有限公司 尖端出版
台北市中山區民生東路二段一四一號十樓
電話：（〇二）二五〇〇—七六〇〇
傳真：（〇二）二五〇〇—二六八三
E-mail：7novels@mail2.spp.com.tw

發行／英屬蓋曼群島商家庭傳媒股份有限公司城邦分公司 尖端出版
台北市中山區民生東路二段一四一號十樓
電話：（〇二）二五〇〇—七六〇〇（代表號）
傳真：（〇二）二五〇〇—一九七九

中彰投以北經銷／楨彥有限公司（含宜花東）
電話：（〇二）八九一九—三三六九
傳真：（〇二）八九一四—五五二四

雲嘉以南／智豐圖書有限公司
（嘉義公司）電話：（〇五）二三三—三八五二
傳真：（〇五）二三三—三八六三
（高雄公司）電話：（〇七）三七三—〇〇七九
傳真：（〇七）三七三—〇〇八七

香港經銷／城邦（香港）出版集團有限公司
香港灣仔駱克道一九三號東超商業中心一樓
電話：（八五二）二五〇八—六二三一
傳真：（八五二）二五七八—九三三七
E-mail：hkcite@biznetvigator.com

新馬經銷／城邦（馬新）出版集團 Cite（M）Sdn. Bhd.
E-mail：cite@cite.com.my

法律顧問／王子文律師 元禾法律事務所
台北市羅斯福路三段三十七號十五樓

二〇二三年三月一版一刷

■中文版■

郵購注意事項：
1.填妥劃撥單資料：帳號：50003021戶名：英屬蓋曼群島商家庭傳媒(股)公司城邦分公司。2.通信欄內註明訂購書名與冊數。3.劃撥金額低於500元，請加附掛號郵資50元。如劃撥日起 10～14日，仍未收到書時，請洽劃撥組。劃撥專線TEL：(03)312-4212 ・ FAX：(03)322-4621。E-mail：marketing@spp.com.tw

國家圖書館出版品預行編目資料

死亡花 / 李同建作 . -- 1 版 . -- 臺北市 : 城邦文化事業股份有限公司尖端出版 : 英屬蓋曼群島商家庭傳媒股份有限公司城邦分公司尖端出版發行 , 2023.03

面 ;　公分

譯自 : 죽음의 꽃

ISBN 978-626-356-189-2 (平裝)

862.57　　111021936